Dulce amor funesto

Historias de amor y otros monstruos

Por Miriam García

A mi esposo, Matt.

A mis padres

Contenido:

Prólogo

En la ficción no puede faltar una cierta tendencia a romantizar las relaciones tóxicas, creo que desde que el mundo es mundo y los seres humanos nos enamoramos, con todo lo que conlleva —suspiros innecesarios, construcción de castillos en el aire, el deseo y los celos—, tendemos a idealizar el amor y al ser amado, a veces cuando éste es destructivo.

A veces se saca al amor de proporción, a muchos nos ha pasado, que lo elevamos al nivel épico del más grande amor jamás vivido desde Adán y Eva, pasando por la Bella y la Bestia, Eduardo VIII y Wallis Simpson, cuando en realidad lo que se vive es una obsesión. Y quizá no hay problema si el amor es bueno y es correspondido, pero, ¿qué pasa cuando amas a un monstruo? Cuando le das tu corazón a un demonio o una bruja que, te quiera igual o no, te hace sufrir, a veces hasta el punto de destruirte.

Uno esperaría que, como en las grandes novelas, al final el amor redentor purificará al otro, el monstruo se convertirá en príncipe, la vampiresa dejará de beber sangre, el demonio cambiará y juntos y felices cabalgarán hacia el ocaso. ¿De verdad eso pasa? Tal vez haya por ahí algún caso, yo no he visto ninguno. La generalidad es que el otro no va a cambiar, va a ser lo que es hasta el final, y si el que ama sabe lo que le conviene, sabrá entonces que sería mejor alejarse. Sin embargo, no es fácil, en ocasiones, dejar ir y olvidar es un proceso largo y sufrido, o como dice la protagonista de una de las historias incluidas en este libro: "Lo peor es que el amor también te vuelve terco, para que perseveres en tu sufrimiento, para que te cueste y te duela hasta los huesos olvidar".

¿Qué pasaría si se amara a un monstruo? Pero no uno metafórico, sino uno real. Antes de proseguir, debo aclarar una cosa, mis historias no son ni pretenden ser de carácter moralista. Escribo simplemente lo que me gusta y me entretiene, y espero que a otros les guste y les entretenga también. Plasmo algunas ideas que tengo en la cabeza y las pongo aquí para que el lector las tome como quiera y saque sus propias conclusiones.

Hace ya bastante tiempo, me dieron el reto de escribir mi propia historia de un pacto con el diablo, tema recurrente en la literatura, donde Fausto de Goethe es el más conocido. Tras pensar al respecto, quise hacer una historia de un trato accidental. El resultado fue el cuento, *¡Oh Dulce amor funesto!,* en el que la protagonista lanza una promesa al aire: encontrar amor a cambio de su vida, sin detenerse a pensar en quién se ofrecería a cumplir sus deseos. Tiempo después escribí otro cuento sobre otra relación trágica entre un ser humano y un ser paranormal. Pasó el tiempo y seguí acumulando cuentos con el elemento en común de la relación humano con un ser paranormal y con diferentes resultados; a veces el que ama es destruido; a veces es el monstruo el que lleva las de perder; a veces el que ama está tan herido que termina convertido en un monstruo peor; a veces ambos se hacen daño. Junté las historias y aquí las tienen. Arriba mencioné ya una, la que le da el nombre al libro. A esa se le unieron diez más que presento a continuación.

En *La medusa,* Arturo está atrapado en un matrimonio sin amor con una mujer a la que odia, atado a la voluntad de ella por un drama familiar y por su singular poder; su esposa tiene un toque similar al de las gorgonas. Sin embargo, el factor psicológico resulta ser un arma quizá más poderosa que la magia en este drama de violencia doméstica.

Si me amas, ya sabes qué hacer. Una pandemia convierte a los enfermos en dementes llenos de llagas, los cuales son contenidos por un estricto control del gobierno. En esta nueva sociedad, una pareja se enfrenta al peor de los escenarios. Con este relato surgen un par de interrogantes, ¿qué tanto estaría uno dispuesto a luchar por conservar al amor de su vida?

Tu sangre endemoniada. En esta narrativa epistolar, se muestra la relación de Ángela y Bruno, parece idílica, eso hasta que él tiene un cambio sobrenatural debido al linaje maldito del que desciende.

Un beso y un Martini. Un vampiro celoso se dedica a observar a distancia a su antigua amante y la nueva conquista de ella: un simple humano. Dice un refrán que "La cabra siempre tira al monte", en el caso de los protagonistas, su naturaleza y diversos elementos intrínsecos de sus personas podrían jugar a su favor o en su contra.

Cuatro elementos de una obsesión. El amor voluble de una sirena puede ser doloroso, pero un corazón roto buscando venganza podría ser un monstruo aún peor. Es una historia sobre traición y un deseo de venganza que trasciende la reencarnación.

Qué mano tan fría. Lester construye una mujer a su gusto y completamente devota a él para acompañarlo hasta que se aburre de ella. Años después, una mañana, recibe una visita inesperada. En este cuento juego con algo que he escuchado muchas veces, el deseo de crearse el amante perfecto. De nuevo, creo que uno debería tener cuidado con lo que desea.

Flor del desierto. Es la historia de Sara y Tobías narrada desde el punto de vista de Asmodeo, el demonio encaprichado por la joven. Esta historia tiene que como inspiración el relato bíblico de Tobías y la canción *Jenny* de Falcon. Muchos hemos escuchado casos de gente con temperamentos en exceso posesivos y celosos excusándose en que, "es que aman tanto". ¿Es eso de verdad amor?

Los ahorcados. Una pareja disfuncional que en vida eran compañeros en el crimen organizado, en la muerte se recriminan todo lo erróneo de sus vidas. Dice un refrán que "no tiene la culpa el indio, sino el que se lo hace compadre". ¿Quién de los dos es peor? Dejo que el lector saque sus propias conclusiones.

Cabeza de Calabaza. Fernando, cuya propuesta de matrimonio acaba de ser rechazada, hace el recuento de cuando le rompió el corazón a una antigua novia la cual era una bruja. He escuchado demasiadas historias con un escenario recurrente, el de los novios que están juntos por años, pero cuya relación no va a ningún lado, acaban haciéndose daño, se separan y a poco uno de los dos conoce a alguien más con el que se decide a dar el paso que no dio con el anterior. Este cuento está inspirado en todas esas historias.

La Luna sobre Slaughter Beach. Lisa está muy enamorada de Anthony. Mientras ella no deja de pensar en todas las cosas que la hacen amarlo, él está por confesarle una razón por la cual quizá debería salir corriendo. Un romance paranormal arquetípico, que se me ocurrió cuando fui de visita a Delaware y vi en un contenedor de agua el nombre de *Slaughter Beach*. Me pareció demasiado bueno como para no imaginar algo.

Aquí lo tienen, *Dulce Amor Funesto*, historias sobre aquel monstruo llamado amor, un ente hecho de una alquimia indómita, el cual lo mismo es armonía y felicidad, que una catástrofe de dolor. Gracias por leer y espero lo disfrutes.

"Aquel que cree que en el mundo los diablos nunca andan sin cuernos y los locos sin cascabeles, siempre será víctima o juguete de ellos".
Arthur Schopenhauer

¡Oh dulce amor funesto!

Odiaba estar sola. En la búsqueda de un amor me habían arreglado citas a ciegas, con tipos de esos que parecen la prueba viviente de que existen los ogros, por feos y odiosos. Había buscado en internet, en páginas de citas, siempre con malos resultados. Hasta me anoté a toda clase de actividades, desde deportivas hasta culturales, pese a que nunca tuve mucha condición física ni cabeza para esas cosas.

Quería un amor apasionado, dulce y leal, de esos romances clichés que aparecen en las novelas y en las películas. Quería saber lo que significaba ser importante para alguien más, pero a mis veinticinco años jamás había tenido ni un novio formal. Casi todos los hombres que habían pasado por mi vida fueron de esos tipos que solo quieren una cosa de las mujeres, como si fueran un claro ejemplo de aquello que se dice vulgarmente, que si los hombres cierran las piernas, se aplastan el cerebro, no era que yo tuviera nada contra el sexo, era simplemente que yo quería más, quería romance.

En otra ocasión conocí a un muchacho que era muy lindo, tan educado, tan guapo. Por desgracia no hubo manera de hacerlo que se fijara en mí. Digamos yo no era su tipo, así que terminó siendo una excelente "amiga". Trataba y trataba, pero no había nadie que me gustara de verdad, ni que estuviera interesado en mí, en mi corazón. Sí, yo era una mujer joven muy desilusionada. Muchas veces me pregunté qué estaba mal conmigo, si era bonita, trabajadora y en general me consideraba una buena chica.

En esos momentos de tristeza nunca me faltó a mi lado mi buena amiga Dinora, quien siempre me decía:

—No te culpes, lo que pasa es que no hay hombres. El censo dice que hay más mujeres que hombres. Mira nada más a tu alrededor cuando salimos a bailar, para donde voltees hay un montón de chavas muy guapas, pero todas solas. También fíjate cuando salgas a la calle, ya en todas partes abundan los chicos gay. Mejor olvídalo; deja que pase lo que tenga que pasar. Si te ha de tocar, ya llegará.

Lo cierto es que este consuelo no me ayudaba en nada.

La noche de mi cumpleaños veintiséis, lejos de sentirme animada por tener a mis amigos conmigo, estaba deprimida, ¡mucho! Un cuarto de siglo sin novio. Esa noche nos reunimos en un bar para celebrar. Varias de mis amigas se presentaron con sus novios y yo no podía estar más celosa. Sí, tenía envidia de no ser como ellas. Con el pretexto de estar eufórica festejando, comencé a tomar, botella tras botella de cerveza.

A las cuatro de la mañana ya no estaba en mis cinco, el mundo daba vueltas. Todos ya se habían ido, solo quedaba Dinora. A esas alturas de la noche, mis pies caminaban desnudos, adoloridos por el uso de los zapatos de tacón, los cuales llevaba en la mano. Había pasado de la felicidad a la tristeza. Mientras mi amiga y yo caminábamos hacia su auto. Yo la seguía quejumbrosa, con todo el maquillaje arruinado y el rímel corrido por las lágrimas.

—Ya olvídalo —me dijo ella—, es tu cumpleaños, deberías estar feliz.

—No —repliqué entre sollozos—, para ti es muy fácil decirlo, has tenido quien te quiera, en cambio, yo nunca he contado con nadie que se interese en mí.

Ella comenzó a decirme un montón de cosas respecto a que no debía obsesionarme, que estaba actuando como una niña berrinchuda y quién sabe qué tanto más. Al pasar cerca de una barda de piedra me alejé de mi amiga, trepé por una jardinera y me subí a la barda.

—¡Laura, baja de ahí! —Exclamó Dinora— Te vas a caer.

—Quiero ser escuchada. ¡Oigan todos! Quiero que alguien me dé su amor, juro que al que me de amor yo a cambio le daré mi vida.

—¡No grites! —Ordenó— Ya bájate de ahí y deja de hacer el ridículo.

—¡Le daré mi vida a quien me dé su amor, hasta el último suspiro!

Mi amiga me hizo bajar, después de eso me llevó a su casa donde pasé la noche.

Al día siguiente tenía un terrible dolor de cabeza y la boca aún me sabía a cigarro y a vómito. Tras un par de aspirinas, Dinora y yo tuvimos una conversación más calmada, en la que hice lo que por ese entonces hacía mejor: tirarme al drama por la misma estupidez. De nuevo, ella, en su papel de mejor amiga oficial, salió al rescate de mi autoestima, causa que a su punto de vista yo tenía muy olvidada. Cabizbaja respondí:

—Quiero un amor, lo demás no me importa. Lo que dije ayer fue muy en serio, le daría mi vida a aquel que me diera su amor.

—¡No hables tonterías! —Me reprendió— Ya no digas esas cosas, que nunca sabes quién podría tomarte la palabra.

Pero para mí no era una tontería. Aun así, tuve que reconocer que esa escena de la barda fue como haber tocado fondo. No volví a mencionar el tema con nadie. Decidí no buscar más, opté por darme por vencida, pero lo disfracé de feminismo un tanto radicalizado. Adopté una nueva actitud de mujer independiente que no necesita a nadie y que está sola porque aborrece a todos los hombres.

Unos meses más tarde lo conocí. Yo estaba viendo discos en una tienda cuando se me acercó. Recuerdo que primero me hizo una pregunta respecto a una banda, de ahí comenzamos a platicar. Fue extraño, de la clase de situaciones en las que de inmediato haces *clic* con la otra persona, y empiezas a hablar de una forma tan natural, como si concordaran en todo. Se llamaba Edwin, sin duda había química, además él era muy guapo, quizá no era Brad Pitt, pero a mí me gustaba: bronceado, ojos marrón, cabello oscuro, rasgos fuertes de hombre y una sonrisa como de un millón de dólares. Después de un rato me pidió mi teléfono, luego se fue. Nunca creí que me fuera a llamar, pero lo hizo y me invitó a salir. Acepté con sus reservas, acordamos vernos en un café.

Acudí algo temerosa; tras tantas decepciones no podía ser de otra forma. Hablamos mucho; de nuevo sentí esa química, como si conversar, mirarnos, o la convivencia más elemental en sí fueran algo espontaneo. En algún momento me quedé sin palabras, alternando entre escuchar sus divertidas historias y mirar el mantel de la mesa. Ahí lo supe: era él. Lo sabía de alguna forma, como si incluso él me lo estuviera diciendo en la mente y en el alma.

Con el tiempo lo conocí mejor; simpático, con su temperamento, como cualquier otro, soltero, cariñoso, protector. Me hacía reír, le gustaba el cine, se interesaba en mí; era perfecto. A los dos meses ya éramos novios. Puedo asegurar que nunca fui más feliz, cada cosa que vivimos era como un sueño. Me enamoré como una loca; él era lo primero en lo que pensaba al levantarme y lo último en mi mente por la noche; era mi razón para respirar, para trabajar, para existir. A su vez, él me demostró un amor igual; me mandaba mensajes, iba a verme casi a diario, era tan dulce en su trato y en sus manifestaciones de afecto. Edwin me decía "Ovejita", para mí era como un príncipe. Me encantaba un comentario que a veces hacía, cuando por alguna razón hablábamos de la vida y del destino, él decía:

—Laura, mi único propósito es hacerte feliz; esa es la razón por la que estoy aquí.

Me parecía tan romántico. Nuestro amor era mágico. La forma en que me entendía como si leyera mis pensamientos, la pasión que compartíamos. Era mucho más de lo que yo jamás hubiera deseado.

Un año después nos casamos. Tuvimos la boda blanca perfecta, con pastel y luna de miel en Cancún. Yo flotaba en un sueño de algodón de azúcar, con olor a madreselvas y el toque del terciopelo.

Hicimos nuestro hogar en un pequeño departamento. Uno de los primeros muebles que compramos fue un sillón acojinado de color amarillo. Ahí vimos muchas películas, hicimos el amor y también arreglábamos nuestras crisis, como si sentados entre sus cojines y tomados de las manos, hubiéramos encontrado nuestro oasis favorito.

Teníamos dos años de casados cuando pensé que quizá sería bueno tener un bebé, sin embargo, pese a que lo intentamos por un tiempo, no sucedió. Un día en que yo estaba desilusionada por el asunto, él me compró un enorme ramo de claveles rojos y rosas blancas, nos sentamos en nuestro sillón y hablamos. Me dijo que no pensara mucho en niños, que sería lo que tuviera que ser, además aún lo tenía a él, que solo vivía para mí.

—Mi amor —le dije—, claro que lo sé, por eso es que no volveré a preocuparme por nada. Tú eres mi mundo, me haces tan feliz y por eso te amo.

Me dio un apasionado beso, luego me preguntó con una sonrisa algo maliciosa que no le había visto antes:

—¿Qué tan feliz eres?

—No podría ser más feliz ni en un millón de años —respondí con total seguridad.

Fue entonces cuando empecé a sentirme mal. Un poco mareada, cansada, sin embargo la prueba de embarazo resultó negativa. Comencé a perder peso, al principio no me importaba estar delgada, me veía genial. Me preocupé de verdad el día que Dinora, me preguntó si estaba anoréxica. De hecho últimamente tenía mucha hambre y sueño, pero no ganaba peso y siempre estaba cansada. En los meses siguientes mi condición empeoró, cada vez más. Vi al doctor; en realidad, vi a varios, pero ninguno supo decirme qué me ocurría.

Me hicieron toda clase de estudios y pruebas de laboratorio, pero aparentemente no tenía nada. Me dieron vitaminas, inyecciones y me ordenaron descanso. Nada parecía funcionar. Mi salud decayó cada vez más. Los doctores seguían sin respuesta. Yo llegué a temer lo peor, incluso cáncer, pero no encontraron una sola de esas malignas células. Edwin se mantuvo a mi lado, apoyándome con su cariño. Llegué al punto en que dejé de ir a trabajar, ya casi no podía salir.

Un día en que Dinora fue a visitarme, hizo un comentario que me molestó:

—Ay, amiga, te ves tan mal. En cambio Edwin, hasta parece como si se hubiera hecho algo para verse mejor; cualquiera pensaría que te está chupando la vida. ¿No te estará envenenando?

—¡Claro que no! —respondí furiosa— ¿Cómo puedes pensar eso? Él sería incapaz de hacerme daño.

Dinora se disculpó, me explicó que no estaba de más abordar todas las posibilidades. La odié por siquiera sugerir eso.

Yo confiaba en mi príncipe, él nunca trataría de matarme. No obstante, al paso de los días, aquella hipótesis de Dinora dejó de verse tan estúpida, la semilla de aquella idea germinó en duda. La incertidumbre sembrada por mi amiga no me dejaba en paz, así que le pedí a mi doctor que me hiciera estudios toxicológicos. Unas semanas después los resultados fueron contundentes: nada. Al verlos me sentí culpable por haber desconfiado de mi esposo. ¿Cómo pude hacerlo si él era tan bueno? Había días en que al volver del trabajo traía una pizza y un par de películas, luego nos tumbábamos en nuestro sillón, yo me acostaba con la cabeza sobre sus piernas o en su hombro y pasábamos un rato en tranquilidad. Si me daba frío, él de inmediato me traía una cobija.

Siempre estaba a mi lado acariciándome, besándome, recordándome lo hermosa que me veía, a pesar de que yo ya no me sentía así; mi cuerpo era ya casi puros huesos, mis labios estaban resecos y mi cabello marchito. En cambio él seguía tan guapo como siempre, incluso me parecía cada vez más radiante, tal vez porque de cierta forma yo me veía mal, en comparación con mi marido. Él no era bueno por lástima, su trato no tenía trazas de compasión.

Cuando me besaba, no se sentía como un beso falso dado con el gesto piadoso de quien da una limosna, sino como me había besado siempre, con verdadera pasión, con intensidad, al punto en que a veces sentía que me dejaba sin aire. Edwin me amaba y yo a él. Mientras lo tuviera a mi lado, eso era todo lo que me importaba, lo que me daba confianza para creer que las cosas mejorarían.

Una mañana me sentí peor que otras veces, tan débil que no pude levantarme en todo el día. Acostada en nuestro sillón, esperé a que llegara de trabajar; su presencia era lo único que me animaba. Era ya noche cuando volvió. Aún recuerdo su imagen impecable con jeans, saco sport color gris y camisa blanca. La puerta se abrió, entró, cerró y se quedó ahí de pie observándome. Le dije hola, él me devolvió el saludo con la cabeza. Su gesto me pareció muy analítico, tan frío como el de los doctores que me habían atendido.

Me puse de pie, di algunos pasos mientras le preguntaba cómo le había ido y le comentaba algo más, él no respondió, se mantuvo en silencio escrutándome desde la puerta. Me detuve al sentir que algo no estaba bien. Era el hecho de que él no se moviera a mi encuentro como siempre hacía, lo cual fue de la clase de detalles sutiles que son parte de una rutina e inquietan cuando faltan.

—¿Sucede algo? —pregunté— Sabes que puedes decirme lo que sea.

—Ya no te queda más que un soplo de vida —murmuró.

—¿De qué hablas? —respondí consternada. Era la primera vez que se mostraba así de pesimista conmigo.

—De verdad ha sido un placer —replicó con una sonrisa maliciosa.

—Espera un momento —dije al tiempo que me sentía invadida por una horrible sensación—, ¿por qué me hablas como si te estuvieras despidiendo?

De nuevo guardó silencio, bajó la vista. Sus labios aún sonreían. Tuve un mal presentimiento, de pronto sentí mucho frío. Me abracé a la cobija que colgaba de mis hombros y me froté los brazos con las manos. Él murmuró:

—Creo que a estas alturas ya no tiene caso que no lo sepas.

Hizo una pausa y luego comenzó a hablar con una voz profunda, desconocida, muy distinta a la del Edwin que yo solía amar.

—Hace años tú hiciste una promesa; dar tu vida a quien te diera amor.

—¿De qué estás hablando?

Él me recordó el incidente de aquella noche en que me subí a la barda. Comencé a temblar, más por el miedo que por el frío. Yo jamás mencioné el incidente a nadie, mucho menos a él, porque es de la clase de cosas vergonzosas que una como mujer se guarda, a fin de no ser juzgada de loca.

—Yo te escuché mientras andaba por ahí —explicó—. La propuesta me pareció atractiva, así que decidí aceptarla. Te di amor a cambio de tu vida, la cual he ido tomando sorbo a sorbo. Esa es la verdadera razón de que te estés muriendo.

No podía ser verdad. Protesté, me negué. Él se mantuvo firme.

—Yo me refería a que dedicaría mi vida a esa persona. Además, esa noche yo no era consciente, no era en serio.

—Nunca especificaste los términos del trato, fue una promesa abierta a cualquiera que quisiera tomarla. Vi en tu corazón; lo dijiste muy en serio.

Dio un paso hacia mí, yo di otro para atrás.

—¿Quién eres? ¿Eres un monstruo o un demonio? Sus ojos resplandecieron con una llama siniestra.

—En efecto, un demonio, para ser preciso, un íncubo.

Me mostré consternada, él se rio.

—Los íncubos somos demonios que nos nutrimos de la energía vital de los seres humanos. En la mitología, se cree que solo nos interesa tener relaciones sexuales, pero eso es falso; no me malinterpretes, el sexo es genial, pero lo que más queremos es alimentarnos de la energía de las personas y para obtenerla, necesitamos una conexión, de la clase que surge cuando estás enamorado. Nos fascina el romance y la seducción es nuestra especialidad. El amor es adictivo, tiene un sabor tan delicado. Basta probarlo una sola vez para quedar atrapado para siempre. —Dio unos pasos hacia la derecha, se movía con la elegancia de un gato, sin quitarme la vista de encima— Al principio no bebí tu vida, solo te di el amor que anhelabas y esperé. Aquella noche en que dijiste que no podías ser más feliz, supe que mi labor ya estaba hecha. Así que decidí completar la transacción.

En un segundo diversos pensamientos recorrieron mi mente, como un collage de momentos vividos con mi esposo. Recordé a Dinora diciendo: "te está chupando la vida".

—Dinora tenía razón —sentenció—, no solo con esa suposición de que te estaba chupando la vida; también cuando te dijo que tuvieras cuidado con lo que deseabas, pues no sabías quién podía tomarte la palabra.

—¿Cómo sabes eso? —pregunté temblorosa y di otros dos pasos atrás.

—¡Ay, Ovejita! —Exclamó con aire burlón, ladeando la cabeza, luego añadió, pero no con su voz, pues lo que emanó de su boca fue mi propia voz— "Mi príncipe, a veces siento como si me leyeras la mente".

Me llevé las manos a la cabeza. Un sudor frío me recorrió la columna.

—No es posible, ¡no es posible! Tú pareces una persona normal.

—Y la palabra "persona", por su etimología griega, quiere decir "máscara".

Lágrimas saladas rodaron por mis mejillas. No podía ser cierto. Esa revelación no solo me estremeció, también me rompió el corazón.

—Terminemos con esto —anunció y se dirigió a mí.

—¡No te acerques, aléjate! —grité.

Me hice más para atrás, mis piernas chocaron contra el sillón amarillo. Él me dirigió una mirada inocente. Luego me dijo, esta vez de nuevo usando la voz del Edwin que yo solía amar.

—Ovejita, ¿de verdad deseas eso? —arrastró las palabras, sonando seductor y a la vez como si estuviera dolido de mi rechazo. Avanzó despacio hasta donde yo estaba—. Tú no me quieres lejos, porque me amas, tanto como yo a ti. Mi preciosa Laura, mi amor.

Puso sus manos sobre mis hombros, me dedicó esa sonrisa de millón de dólares que me conquistó desde la primera vez que la vi.

—Tranquila, no te haré nada. Lo único que quiero es un beso.

Acarició mis mejillas con el dorso de sus dedos, luego me dio un beso largo e intenso. Tuve una opresión en el pecho, mis brazos y piernas perdieron fuerzas, él me sostenía en pie con su abrazo. Una vez más sentí cómo su beso me dejaba sin aire, mi cabeza perdió firmeza, mi cuello se dobló hacia atrás y en mi pecho, mi corazón se detuvo. De mis labios salió hacia su boca el último suspiro de vida que me quedaba.

Me liberó de entre sus brazos, mi cuerpo c a y ó y quedó derrumbado sobre el suave sillón amarillo, el mismo en el que mi dulce demonio y yo tuvimos nuestro paraíso, el mismo en el que me dijo tantas veces lo mucho que me quería. Edwin me dejó ahí, no con la indiferencia de quien, tras haber bebido hasta la última gota de una botella, la deja caer en la basura; más bien lo hizo de la forma romántica en que un vampiro, que ha bebido hasta la última gota de sangre de una presa adorada, deja con veneración su cuerpo, mientras se despide con satisfacción voluptuosa.

La medusa

Ahí va de nuevo, la taza de café al microondas. No le gustaba hacer las cosas dos veces, pero con ella no se podía discutir. Así había sido siempre y así tendría que ser, de eso estaba convencido. Con los ojos clavados en la taza, no dejaba de pensar, había toda una maraña de ideas en su cabeza que daban vueltas y vueltas al compás del ciclo del horno de microondas. Se puso a recordar cuando eran novios, entonces él se sentía amo y señor de su vida. Ella era una chica delgada, bonita, siempre dispuesta a dedicarle múltiples sonrisas con aquella hilera de dientes blancos, como de comercial de pasta de dientes. Arturo se dejó envolver y ella lo amó. En sus brazos perdió la cabeza, lo suficiente para pedirle que se casaran. Y ahí estaba doce años después, calentándole el café a una mujer que ya no era ni delgada, ni bonita y que no sonreía ni en defensa propia. Inés siempre estaba de muy mal humor, es más, eran tantos los días que se había despertado gritándole toda una serie de demandas a Arturo, que ya ni recordaba cuándo fue la última vez que había sido amable con él.

Esa mañana, con la vista clavada en el microondas, Arturo se dijo convencido:

«Ya no puedo más, tengo que irme, pero, ¿cómo? Quizá solo deba empacar las maletas y ya, o no volver del trabajo cualquier tarde de éstas».

Un pitido electrónico lo sacó de sus pensamientos, sus manos abrieron la puerta, sacaron la taza y sus pies se pusieron en marcha hasta la sala donde Inés miraba televisión. Apenas se acercó ella cambió su atención del programa hacía él, sus ojos negros clavándose en Arturo, de inmediato los dedos de él se quedaron rígidos, sus pies no fueron capaces de dar un paso más. Petrificado, apenas y pudo murmurar:

—Tu café.

—Más vale que esté caliente.

Ella se levantó y se apresuró a arrebatárselo, dio un trago.

—Mucho mejor. Yo no sé hace rato qué te estabas pensando. Hasta pareciera que te pedí un *tejuino* con helado en vez de café.

Ella volvió a acomodarse frente a la televisión, unos segundos después, él fue capaz de moverse. Se apresuró a ir a la cocina. Una vez ahí se llevó las manos a la cara y se frotó los ojos con fuerza. La odiaba a rabiar, sobre todo cuando hacía aquello con su mirada que siempre se metía a su cuerpo y lo dejaba inmóvil hasta que ella quisiera. Se puso los guantes de hule amarillos y se apresuró a lavar los trastes, no quería llegar tarde a la oficina.

«Debo dejarla», meditó, pero sabía que eso no iba a suceder.

Ella también se las había arreglado para entrar a su cerebro. Esa era la única explicación que encontraba, porque por más que deseara alejarse, dentro de su pecho sentía una especie de remordimiento que lo mantenía anclado en aquella casa.

Si algo no le gustaba era hablar de su vida doméstica en la oficina. Trabajaba para el área financiera de una empresa farmacéutica, todo el día se enfocaba en hacer contabilidad. Era meticuloso, prefería no conversar con nadie y en vez de eso enfocarse en su trabajo. Podría decirse que ella también le había hecho eso. Doce años atrás, él había sido un tipo con muchos amigos, ahora prefería aislarse, siempre tenía cosas que hacer en casa y se sentía avergonzado por la forma en que ella lo dominaba.

—Buenos días —lo saludo Niria del área de compras.

Arturo le devolvió el saludo con la mano y una sonrisa. Niria se detuvo frente a él, tan bonita, tan amable, tan graciosa. Quizá no era nada espectacular, más bien era una mujer bastante promedio, pero a él le gustaba. Cuando la miraba pasar no le era difícil imaginarla con jeans, tenis y una cola de caballo, un fin de semana cualquiera, en lugar del traje sastre y el pelo planchado.

—¿Viste el juego el sábado?

Arturo sudó frío, hacía tanto tiempo que no veía el fútbol; Inés no se lo permitía.

—No todo —mintió, ni sabía a qué juego se refería—, ¿al final cómo quedó?

—Qué te digo, perdió el Atlas y contra las mugrosas Chivas, ¡cómo las odio!

Le encantó la forma apasionada en la que había dicho aquello y eso lo inspiró a hablar, como recuperando el gusto olvidado hacía ya mucho tiempo de conversar con una persona agradable.

—Pero ya ni modo —prosiguió ella—, al Atlas hay que apoyarlo ¡aunque gane!

Él se rio. Después, Niria se puso a contarle con detalles, que había ido con un grupo de amigos al estadio, que si el tráfico fue infernal, que si iba con una playera nueva y que si gritó como loca. Ante los ojos de Arturo, cada palabra borraba un pedazo de la oficina en la que estaba y pintaba imágenes vívidas de una multitud apasionada, el Estadio Jalisco, los dos equipos y una noche para divertirse. Casi podía oler la cerveza, las paredes de los baños penetradas de orina y el sudor de la gente; podía ver las luces, escuchar los gritos y hasta sentir bajo sus pies las vibraciones del suelo del estadio estremeciéndose con el movimiento de las aficiones. Todo esto hizo que Arturo se emocionara, había algo en la forma en que ella describía aquella noche en el estadio, que lo hacía sentir vivo. Quizá era como jugueteaba con su cabello, el movimiento de sus pestañas o cierto ronroneo en su voz; quizá era el que extrañaba el fútbol; o tal vez era solo ella.

Sonrió por un momento, luego una punzada en el estómago lo hizo sentirse culpable. No podía hacerle eso a Inés, él era un hombre casado. Sí, su mujer era una harpía y la odiaba, pero no podía traicionarla, ¡y no por falta de ganas! Era simplemente que no podía. Años y años de la influencia de Inés habían cavado profundo en su psique, enterrando helados hilos en sus articulaciones para controlarlo siempre, para paralizarlo ante la sola idea de hacer algo que Inés no quisiera.

Niria dijo algo más que él no comprendió del todo. Ya había empezado a sentir el tirón de hilos de hielo por todo el cuerpo.

—Luego me cuentas, tengo que terminar esto.

Sus dedos torpes tomaron lo primero con lo que se toparon en el escritorio. Niria sonrió y se despidió a su manera jovial.

Esa tarde llovió. Arturo no tenía coche desde hacía años, Inés no quería que manejara, que porque era peligroso y no iba a perder a su marido en un accidente. El transporte público, para ella, era siempre la mejor opción. Arturo no tenía ganas de tomar el camión, prefirió caminar a casa. Andaba con pies pesados como de mármol, se movía lento con ganas de nunca llegar.

Para cuando por fin arribó a su destino, estaba oscuro y él completamente empapado. Arturo tomó la llave, la insertó en el cerrojo, suspiró y entró. Se detuvo un momento en la puerta para quitarse los zapatos, no quería que dejaran de manchas de lodo y agua por el suelo, estaba demasiado agotado como para ponerse a limpiar.

Descalzo, se dirigió a la cocina, una pequeña montaña de trastes sucios aguardaba en el lavadero.

«¡Puerca! No puede ni siquiera dejarme menos tiradero».

Abrió la puerta del patio y puso los zapatos a secar bajo la marquesina, sobre el lavadero junto a la lavadora. Se quitó los pantalones y los colgó.

—¡Arturo! —gritó Inés desde la sala— Llegas tarde.

Descalzo se dirigió hacia ella.

—No pasó el camión —mintió y bajó la vista.

—Tengo hambre, a ver si ya te apuras. Quiero quesadillas.

No le gustaba ese tono. Ese día había sido largo, estaba cansado y harto de ella. Se visualizó a sí mismo aproximarse a pasos agigantados, levantar la mano, disfrutar el instante preciso en que la bofetada le volteara la cara, ella se tambaleara hacia el suelo y bramarle, "¿Tienes hambre? ¡Pues arréglatelas sola, huevona!".

Las risas grabadas del programa de televisión lo sacaron del trance. Dirigió la mirada hacia la tele, luego de vuelta a Inés, que lo enfrentaba con las cejas levantadas como diciendo, "¿qué estás esperando?".

—Ahorita te las hago —murmuró.

—Las quiero con chorizo.

—Ya no hay chorizo.

Se mordió la lengua. ¡Idiota!, no debió decirle eso, mucho menos cuando la estaba mirando a la cara. Era demasiado tarde para desviar la vista. Sintió el escalofrío, la punzada venenosa que le picaba el alma y cómo sus miembros se paralizaban. Ella se levantó, se acercó a él, tanto que podía sentir su aliento caliente y pegajoso. Quería moverse, pero no podía, el veneno de su embrujo ya lo había petrificado. Sintió sus dedos toscos pellizcándole la mejilla.

—No sirves para nada. Sabes bien que siempre debes tener completa la despensa con las cosas que me gustan.

Le costaba trabajo hasta respirar, tomó aire con esfuerzo. Qué humillante situación.

—Ahorita lo traigo de la tienda —prometió con un hilo de voz.

Ella le dedicó una mirada de desprecio. Se dio la vuelta, el hechizo se rompió y él sintió cómo volvía la capacidad de moverse a sus miembros.

—No eres más que una basura.

Inés se dejó caer de vuelta en el sillón del que se había levantado, con la pesadez de un colchón viejo al que le dan la vuelta. El control remoto volvió a su mano.

—Apúrate, que tengo hambre.

Él apretó los labios, fue por unos pantalones secos y zapatos, y se dispuso a salir lo más pronto posible, no tanto por el temor, sino por el asco que le quemaba la mejilla.

Siempre se las arreglaba para quedarse despierto más tiempo que ella, cualquier pretexto era bueno; la cocina, darle de comer al gato, hacerse de cenar, ver las noticias. Ya luego, cuando se cercioraba que ella estaba dormida, se metía en silencio a la cama, con el sigilo de una araña buscando una apartada y oscura grieta para ocultarse. Detestaba dormir con ella en la misma cama, pero no había otra opción. Toda vez que trató de discutir el tema de tener su propio cuarto o al menos su propia cama, ella lo había dominado tirando del hilo más ponzoñoso de su intrincada red de control.

Arturo quería dormir, le dolían los pies.

—¿No me das un beso? —dijo la voz de Inés en la oscuridad.

¡Carajo! La araña había atraído atención no deseada.

«Sí, claro», pensó con ironía, «ahorita te doy tu beso de Judas, Medusa».

Emitió un suspiro que más bien fue un refunfuño y eso fue todo lo que le dedicó a su esposa.

—Arturo, ¿no me vas a dar un beso de buenas noches?

«Preferiría besar el sudado y apestoso trasero de un camionero en un día de verano»

—No —dijo con tono mecánico y apretó los ojos por si acaso ella lo estaba mirando. Aun en la oscuridad y sin importar si él no la veía, su contacto visual era tóxico.

Ella se incorporó. Él abrió un ojo. Ella no tenía actitud dominante, sino dolida, lo podía ver en su cara gracias a la poca luz del farol de la calle que se filtraba por la ventana.

—¿Es que yo no significo nada para ti?

Por un instante, el asco y la aversión que sentía por ella le permitieron liberarse de la patética obediencia que siempre le debía.

—Inés, vivimos juntos, pero hace ya bastante tiempo que no somos pareja. Te doy todo lo que quieres porque así son las cosas, pero no puedo darte más.

El rostro de ella se descompuso en una mueca de dolor. Dio un sollozo, luego se desplomó en la almohada gimoteando.

—Claro, es obvio que ya no me quieres ahora que ya no soy joven ni bonita. Eres un traidor como todos y me vas a dejar por una muchachita de esas que son bien facilotas...

—No se trata de eso...

—¡Pobre de mí que no tienes compasión por todo lo que he sufrido! —Gimió y emitió un lloroso suspiro que casi sonó como un alarido— Pero así es la vida, así son los hombres. Tú no tienes piedad por el dolor ajeno.

—No se trata de...

Lo volvió a interrumpir con sus fuertes sollozos.

—¡Qué bueno eres para hacer leña del árbol caído! Me lastimas sabiendo todo el dolor con el que tengo que cargar todos los días, ¡todos los días! Sabes lo mal que estoy, ¡estoy enferma! He sufrido con la depresión y tú no tienes corazón, ni siquiera caridad humana.

—Eso no es verdad.

—Yo he sufrido mucho y todo por tu culpa, ¡tú lo dejaste morir!

No de nuevo. Ese temible hilo, el más venenoso, el hilo angular se estiro e hizo tensión, lo suficientemente fuerte para que su estómago se hiciera un nudo, para que quedara bien apretado.

—Tú mataste a mi niño, a mi pobrecito hijo. No tienes idea de lo duro que es para una madre perder a su bebé, ¡es lo peor del mundo y tú solo quieres abandonarme!

El hilo jaló un poco más, el estómago de Arturo quedó tan apretado que casi sentía que iba a vomitar en cualquier momento.

—Yo no lo maté.

—¡Mientes! Igual que cuando dijiste que lo cuidarías, y ahora por tu culpa está muerto, ¡está muerto!

Inés rompió a llorar más fuerte. Era como si él estuviera parado frente a las compuertas de una presa a punto de estallar por tanta agua. Pensó en el pequeño Arturito, su carita, su sonrisa, su pelito tan negro. El hilo que apretaba su estómago lo estaba envenenando con sentimientos de dolor, remordimiento y culpa.

—Fue un accidente —murmuró en voz muy baja, débil como el batir de alas de un pájaro agonizante.

—Tú mataste a mi niño, ¡tú me lo quitaste! ¡Asesino!

La presa estaba abierta, el agua de aquellas palabras lo golpeaba a la par que el hilo que apretaba su estómago lo hería más allá de toda razón humana. El dolor lo ahogó. Arturo jamás hubiera querido que nada le pasara a su hijo. Ella tenía razón, fue culpa suya y él no podía perdonarse. La responsabilidad que sentía por lo que ocurrió aquel día era demasiada para dejarla atrás.

Se acercó a Inés y la abrazó encima de las cobijas. Entonces, sin siquiera pensarlo, le dio un largo beso en la cabeza. Ella no lo controlaba, lo que lo movió fue una voz fantasmal, como de un niño de cuatro años que le decía, "dale un beso a mamita, que no llore más por mí".

—Perdóname —exclamó y también se puso a llorar.

Ella siguió sollozando por un rato más, él no se separó de ella. Inés a ratos gemía "¡mi hijo, mi hijo!", y Arturo callaba, porque no tenía palabras para expresar lo mal que ella lo hacía sentir cada vez que tenían una escena como esa. Al cabo de un rato ella se quedó dormida.

Él puso la cabeza en la almohada, dispuesto a buscar un poco de paz en el reino de Morfeo, una búsqueda vana, porque desde hacía ya siete años sus sueños tenían la luminosidad de una caverna.

Recordó aquel día en el balneario. Hacía calor. Eran solo ellos tres. No salían con amigos porque desde que se casaron, Inés había sido tan dominante que él perdió contactos. Pero no le importaba porque la amaba y ahora que era padre, su familia lo volvía loco de felicidad. El pequeño Arturo quería ir a la alberca de olas, insistió tanto, de una manera tan enérgica que Arturo pensó, «mi niño de grande, o es vendedor de seguros o abogado». Inés les dijo que no, pero el pequeño ya había logrado convencer a Arturo papá. Él le prometió a Inés que lo cuidaría, además, pondría al niño en su salvavidas. Al principio todo bien, el nene estaba encantado, luego alguien lo golpeó accidentalmente y él se volvió para decirle algo a aquel tipo. Fue cosa de unos segundos. Para cuando volteó, solo flotaba la llanta amarilla con la figura de Bob Esponja, pero no estaba Arturito. Arturo gritó su nombre, se zambulló, abajo del agua veía muy borroso. Volvió a salir, gritó por ayuda, siguió zambulléndose para ver si lo veía, el agua se movía mucho y la alberca tenía mucha gente. Otras personas escucharon el escándalo y se zambulleron. Al cabo de un momento que para Arturo fue tan largo como una hora entera, un niño con googles gritó, "ya lo vi", un buen samaritano fue más veloz que el salvavidas, se hundió y sacó al pequeño que no respiraba. Lo llevaron a la orilla, entre empujones, rodeados de curiosos. Trataron de hacerlo respirar, unos gritaban, "¡denle primeros auxilios!", otros gritaban "¡ponga al niño de cabeza!". "¡No, no es así!", respondió otro, "apachúrrele el estómago para que expulse el agua". La gente de seguridad del parque exclamaba, "¡Todos háganse a un lado!". Inés se acercó completamente histérica. No se pudo hacer nada, al parecer tragó demasiada agua y entre la confusión de la alberca de olas, alguien le pateó la cabeza bajo el agua. Cuando les dieron la noticia, Inés se le fue a golpes, "¡Te dije que no lo llevaras! ¡Dijiste que lo cuidarías! ¡Tú lo mataste!".

Ninguno de los dos fue el mismo desde entonces; ella dejó de trabajar, siempre en casa, deprimida, sin moverse, y él se tuvo que hacer cargo, siempre atento a lo que ella quisiera; era lo menos que podía hacer por ayudarla. Arturo ya no quería llorar más. Se reacomodó en la cama para tratar de dormir y soñar otra cosa.

El resto de la semana estuvo tan deprimido que llegó un momento en que se enojó consigo mismo por ello. Fue como si hubiera llegado a un punto en el que se sintió harto de estar triste.

«Sí, lo que le pasó a mi hijito fue terrible, pero de eso han pasado años, ¿no es acaso ya tiempo de seguir adelante?».

Tras darle vueltas a este pensamiento en la redondez de su cabeza y a lo largo de la semana, al llegar el domingo meditó que quizá sería lindo hacer algo para que los dos salieran y se animaran. Le propuso a Inés ir al zoológico. Ella le clavó la mirada, él quedó inmóvil bajo su embrujo. Inés se acercó a él y le dio un puñetazo en el estómago. A Arturo se le fue el aire.

—¡Eres idiota o qué! ¿Tú crees que tengo ánimos de salir a divertirme como si nada? Ni que fuera tú, que bien fácil te olvidas de tu hijo para ir a hacerte menso horas y horas viendo a los leones.

Ella se dio la vuelta, el influjo de su poder se desvaneció, él recuperó la movilidad de sus miembros. Lo primero que hizo fue doblarse para recuperar aire. La maldita pegaba fuerte.

—Perdón, yo pensé que sería bonito salir como cuando éramos novios.

Ella se sentó frente a él, aún en pijama y con el cabello revuelto. Se mordió una uña y le dedicó una mirada siniestra, casi como si lo único que la divirtiera fuera usar su poder en él. Por un momento se tornó meditabunda, al cabo de un instante comentó.

—La casa está impecable. Anda, lárgate a ver a los pinches changos. Te hará bien tomarte el día.

Por un momento, el hilo de la culpa, que ya estaba bien enredado en sus piernas y en su lengua, lo iba a hacer decir que no, que se quedaría en casa para mostrar que le dolía la memoria de Arturito. Sin embargo, el coraje que le daba cada vez que usaba su poder para paralizarlo y pegarle, de alguna forma le dio ánimo para decirse a sí mismo:

«Mejor le tomo la palabra y me voy antes que Medusa cambie de opinión».

Se apresuró a tomar sus llaves y se encaminó a la puerta procurando no hacer contacto visual.

—¡Bueno! Te traeré un recuerdo.

—Sí, sí, anda ya vete.

Abrió la puerta, salió, cerró tras de sí y corrió hacia la parada del camión. Ni siquiera le importó que los zapatos que tenía puestos no eran los más cómodos para caminar, solo quería alejarse de ella.

Pocos lugares tienen tanto poder sobre la gente como los zoológicos. Es un lugar mágico donde los niños se vuelven locos apuntando en todas direcciones: "mira, mami, el oso polar", "mira, papi, los gorilas". Arturo se decidió a disfrutar el día. No era sencillo, a pesar de que el zoológico de Guadalajara siempre le pareció precioso. Estar ahí lo puso melancólico; sentía lástima por los pobres animales enjaulados, tan lejos de un habitad natural, esclavos para el entretenimiento de un montón de gente ruidosa y mocosos maleducados que creen que es muy divertido gritar para llamar la atención de los animales.

Se tomó su tiempo para ver todo, desde el aviario al herpetario, pasando por los primates, depredadores y hasta el show de aves amaestradas. No tenía prisa, incluso pasó un buen rato en la tienda de recuerdos. Pensó en comprarle a Inés un tigre blanco de peluche, pero casi podía escuchar su reacción, "¡No es gracioso, esto es un juguete para niños! ¿Ves alguno aquí? Qué regalo de tan mal gusto, bla, bla, bla". Mejor una taza.

Siguió su lento andar, jaula por jaula y se detuvo un largo rato frente al mirador que daba a la barranca de Huentitán. Al final fue al acuario. Ahí pasó más tiempo que en ningún otro sitio. Qué relajante era ver a los peces.

«Cuánta tranquilidad, este lugar me gusta».

Miró detenidamente cada una de las peceras, todas las encontró refrescantes a la vista y el ánimo, todas menos una en la que se detuvo más tiempo que en ninguna otra. Esa pecera tenía un fondo negro y una luz fluorescente. Ahí adentro, un conjunto de medusas nadaban en silencio, despacio, con movimientos delicados. Arturo sintió ganas de golpear su cabeza contra el vidrio, si había un animal que le causaba miedo y repulsión, era la medusa. Delicada, sí; atractiva, definitivamente; de aspecto inofensivo, no había duda de eso. Recordó cuando conoció a Inés, ella era muy bonita, sexy, de aspecto inocente. Ante sus ojos ella tenía algo luminoso, muy llamativo. Fue amor a primera vista, o quizá solo obsesión a primera vista. Ella era apasionada, tenía sus cualidades, pero también era posesiva; no le gustaban sus amigos, a donde fuera tenía que llevarla. Era celosa y manipuladora, siempre diciéndole qué hacer y qué no. Él la quería tanto que rara vez discutía, quería que la relación funcionara. Para muchos, él era el típico *mandilón* con la correa bien corta. Para él valía la pena, porque una mujer como ella no era de las que se encuentran todos los días.

Arturo pasó los dedos por el vidrio de la pecera.

«Sin embargo, las medusas son engañosas. Las malditas son escurridizas, de inocentes no tienen nada, son tóxicas y lo peor es la muerte que le dan a sus presas: las enredan con sus hilos venenosos, las paralizan y las devoran poco a poco».

Recordaba muy bien la primera vez que ella usó su poder mental para paralizarlo, fue cuando volvieron de la luna de miel. Él tenía planes de salir con sus amigos, ella fue muy clara, se tenía que olvidar de eso por completo porque ahora era un hombre casado. Él se enfadó, ella apretó los dientes y le gritó: "¡Ni se te ocurra desafiarme!". Él le dijo que se marcharía, pero no pudo hacerlo, de inmediato una sensación que jamás había experimentado antes lo invadió, sus dedos, brazos, piernas, todo se puso rígido. No pudo moverse y ella no se lo permitió por un buen rato.

Tiempo después de eso hubo una discusión, una bastante cautelosa, porque él ya le tenía miedo. Al final ella lo envolvió en sus brazos, le aseguró que lo amaba con locura y que solo quería que fueran felices. Ella sabía seducir, era una maestra para besar y prodigar caricias, y él no podía sino rendirse, porque la amaba de una manera nada inteligente.

Fue un estúpido por amarla y lo seguía siendo, porque a pesar de odiarla no era lo suficientemente hombre para dejarla.

«Es cosa de que un día no vuelva más a casa», se dijo.

Sin embargo no se atrevía, tenía bien metida en la cabeza la idea de que abandonar a su esposa enferma de depresión sería una canallada de lo peor. Arturo apretó los puños. En ese momento, vio cómo pedazos de pez eran arrojados dentro de la pecera, las medusas, con la delicadeza de bailarinas de cristal, estiraron sus tentáculos para tomar su alimento.

«¡Maldita Medusa! Me tiene atrapado en sus hilos, me paraliza cuando quiere, adormece mi voluntad, y si en algún momento tengo valor para enfrentarla, me envenena el alma».

No supo exactamente cuánto tiempo pasó mirando a las medusas. Se retiró hasta que la rabia que se agolpaba en su mente le dio un dolor de cabeza.

Ya en el camión, camino a casa, recordó cuando eran novios. Era divertido salir con ella. Por la redondez de su mente rodaron imágenes de ellos en el cine, en las plazas, en reuniones sociales. Los recuerdos pasaban igual que se cambian las fotos de un *View Master*, uno tras otro, uno tras otro de manera mecánica. No supo bien en qué momento la imagen de Niria reemplazó a la de Inés. Suspiró, "Niria", tan solo recordar el sonido de su voz era cálido. "Niria", tan simple, tan sencillo como toda ella, tan llena de vida, con aquella sonrisa de fresca mañana y el sol en su mirada. En ese momento se dio cuenta que estaba enamorado de Niria, admitirlo lo hizo sonreír por un momento, igual que un muchacho en secundaria.

Vino la tóxica punzada, no podía traicionar a Inés, ella no lo dejaría ir, lo tenía bien atrapado entre los tentáculos de la rutina, la culpabilidad y aquella odiosa mirada. Debía escapar, tenía que hacerlo, pero no se sentía capaz. Suspiró abatido, sintiéndose pequeño y miserable.

«¿Por qué soy tan cobarde?», se recriminó, «la hija de puta me tiene bien agarrado de... quién sabe de qué, pero seguro no de los huevos; esos hace mucho que me los cortó».

Se rio nervioso por haberse burlado de sí mismo de aquella forma. De la risa incómoda vino la tristeza, una profunda y pesada tristeza, abrumadora, como si una señora grande y gorda se hubiera sentado a su lado en el camión, aplastándolo con su peso y sin permitirle moverse, apenas dejándolo respirar.

Al llegar a casa suspiró.

«No quiero entrar».

De manera mecánica, sus dedos se movieron dentro del bolsillo, tomaron la llave, la llevaron hasta la cerradura, colocaron la llave con la precisión que brinda la rutina y que permite saber el punto exacto en el que se atora y cuándo hay que girar. Luego sus pies lo arrastraron dentro de la casa y cerró la puerta. ¡Carajo! Seguía sin ganas de entrar y sin embargo ya estaba ahí, siempre fiel a lo que tenía que hacer.

Inés estaba aplastada frente al televisor viendo un programa en el cable sobre asesinos seriales.

—¿Cómo te fue? —preguntó ella sin despegar la vista de la pantalla.

—Estuvo bonito.

Inés tosió. Él se acercó a ella y le extendió la bolsa en la que se encontraba la taza.

—Toma, para ti.

Ella sacó la taza y la miró con desprecio. Luego la puso a un lado y volvió a enfocar la vista en la televisión.

—Qué bueno que te hayas divertido —dijo con una nota recriminatoria—, me acuerdo de antes, cuando me querías, cuando no eras un canalla como lo eres hoy, que te largas todo el día sin detenerte a pensar si a lo mejor quiero ir.

Un aguijonazo de culpa le pinchó el pecho, Arturo sintió cómo la cara se le ponía caliente por la ira y vergüenza que lo invadían.

—Tú me dijiste que podía tomarme el día libre, además dijiste que tú querías descansar.

Ella le dirigió una rápida mirada helada, en cuestión de segundos ahí estaba de vuelta el ya tan familiar agarrotamiento de sus músculos.

—Y tú qué rápido me tomaste la palabra, ni hiciste un esfuerzo en pensar en mí, ¡claro! Tú solo piensas en ti. Qué perverso eres.

Ella volvió a fijar la vista en la televisión. Arturo estuvo paralizado por algunos minutos, sin ser capaz de replicar, tratando de no pensar, a pesar de que por alguna razón, no podía evitar sentirse como si en efecto, fuera el peor marido del mundo por no hacer un esfuerzo de sacar a Inés de la casa.

En la televisión, el narrador del programa describía la forma en que Gary Ridgway había matado a todas a aquellas mujeres porque odiaba al género femenino, debido a los abusos de su propia madre. Arturo entonces, tuvo un pensamiento que él mismo catalogó de políticamente incorrecto; le pareció que el tipo no era tan malo, sino una víctima.

«Pero ¿qué me pasa?», se recriminó, «el tipo estaba loco».

—Hazme un sándwich —ordenó ella.

El movimiento volvió a sus miembros, Arturo se dirigió a la cocina arrastrando los pies; *Medusa* lo había liberado, pero la apatía lo tenía tan prisionero como siempre. En su mente seguía fresca la visión de las medusas, sus largos tentáculos transparentes y sin embargo qué poderosos eran. Casi sin darse cuenta, hizo el sándwich con lo primero que encontró en el refrigerador y volvió corriendo hacia donde estaba ella. Le extendió el plato, ella lo tomó, le dio una mordida y volvió a fijar la vista en la televisión. Un experto en criminología hablaba de Gary Ridgway como si fuera menos que escoria. En la pantalla se leía la palabra *Dramatization,* a la par que se mostraba la imagen de un hombre estrangulando a una mujer. Se sintió fascinado por la escena. Tras un instante, se visualizó a si mismo estrangulando a Inés.

«Eso es, no puedo solo marcharme porque al estar viva su mala influencia también seguirá viva; debo matar a Medusa, pero ¿cómo?».

Le hubiera encantado estrangularla con sus propias manos, quizá apuñalarla, sí, eso, darle no una, sino varias, varias, ¡varias, varias puñaladas! Entonces se dio cuenta que, tanto como le hubiera gustado hacerlo, era inútil, pues apenas ella sintiera la más mínima violencia hacia su persona, usaría su horrendo poder para paralizarlo en el acto.

—¿Qué animales crees que le hubieran gustado más a Arturito?

—¿Perdón...? —balbuceó Arturo al tiempo que volvía a la realidad.

—¡Estás muy distraído! —le recriminó Inés— Claro, como yo no te importo.

Él no contestó nada, ya sabía que era mejor quedarse callado.

—Te pregunté qué animales crees que le hubieran gustado más a Arturito.

Arturo se encogió de hombros.

—No lo sé, a lo mejor el tigre blanco, a los niños les gustan los tigres.

Inés guardó silencio un momento, se llevó una mano a la cara y sollozó.

—Mi pobrecito hijo. Me parte el corazón pensar en las cosas que nosotros disfrutamos y que él se perdió. Si tan solo lo hubieras cuidado, él hubiera ido contigo hoy al zoológico.

Arturo cerró los ojos, de nuevo esa herida sangraba, una cicatriz purulenta que no sanaba porque ella no dejaba de rascarla. La odiaba tanto como Ridgway odió a su propia madre, y a la vez no pudo evitar sentir que no tenía derecho a disfrutar nada, como si estuviera haciendo algo injusto hacia su hijo. Pronto todo lo que había visto en el día se borró de su mente, todo menos las medusas. Amó mucho a Arturito, porque después de todo, para un padre sus hijos lo son todo, pero por una vez en la vida quiso ser capaz de ya no sentir más, de poder olvidar. Casi como si le leyera la mente, Inés añadió.

—Los hijos jamás se olvidan, los hijos son el más hermoso milagro que le puede ocurrir a una madre. Perder a un hijo es el peor drama de todos.

—Sí, lo es —murmuró Arturo—, pero... bueno... supongo que... la vida tiene que seguir.

Ella le dirigió la mirada, él cerró los ojos como si tuviera miedo a recibir un golpe.

—Típico de ti —le recriminó—, ¡cómo se nota que no tienes sangre en las venas, sino veneno! Ya parece que vas a olvidar a tus hijos.

—No quise decir eso —se defendió—, perdón, no pensé...

—¡Nunca piensas! —sentenció ella de golpe y volvió la vista a la televisión.

Arturo se quedó ahí de pie observándola, tenía el estómago revuelto, quería salir corriendo, acallar de una vez y para siempre todos esos reclamos, y de esta forma volvió a interesarse por un instante en el programa. Se vio a si mismo estrangulando a Inés para obligarla a callarse. Él no se atrevía a moverse.

Inés tomó lo que faltaba del sándwich y se lo echó a la boca. De pronto, un tosido sacó a Arturo de sus pensamientos, miró hacia el sillón, Inés tosía a la vez que su cara se tornaba roja. Ella estiró la mano como tratando de decirle algo, "agua, ¡agua!", Arturo debía ir por ella, sin embargo se contuvo, quizá no tenía valor para apuñalar a la medusa, como le hubiera gustado, pero sí tenía práctica en algo que ella lo obligó a hacer muchas veces: quedarse inmóvil como piedra.

Ella se levantó, dio varios manotazos torpes en todas direcciones, él se dedicó a observarla fascinado, quizá con la misma emoción que si la estuviera estrangulando. Era hermoso, la cara de la medusa se puso morada. Ella tosió y tosió y tosió y cayó pesado en el mismo sillón donde tantas tardes se había dedicado a ver televisión.

Arturo se acercó a ella, de nuevo se quedó quieto durante algunos minutos observando su cuerpo sin vida, casi sentía que no lo podía creer. A su alrededor, poco a poco, los hilos de la medusa se fueron desvaneciendo. Le hubiera gustado sentir lástima por ella, quizá dolor; tal vez ella tenía razón cuando dijo que él era el peor marido del mundo y que no tenía corazón, porque ahí frente a su cuerpo inerte, Arturo no sentía nada. Tras unos instantes esa nada se convirtió en euforia y su hombría se irguió.

«Se fue, Medusa se fue».

Se preguntó qué debía hacer.

«Niria, debo invitarla a salir, al cine, o al estadio a ver un buen partido de fútbol».

Tenía tantas ideas, las manos le cosquilleaban, ansiosas por ponerse activas. Quería revisar el periódico para ver si podía comprar un auto, quizá uno viejo, o uno nuevo a cuarenta y ocho mensualidades.

«Me encantaría volver a manejar».

Se le ocurrió que a lo mejor, la próxima vez que en la oficina los muchachos lo invitaran a jugar futbol, podía ir con ellos, correr, por el campo, sudar, gritar como loco.

Todo eso sonaba genial, pero antes, primero lo primero, llamar a la ambulancia y contarles del terrible accidente. Se dirigió con pasos apresurados hacia el teléfono, trató de marcar los números, pero no pudo, una extraña descarga de energía ahora llenaba cada una de sus células, estaba ardiendo por dentro. El teléfono resbalo entre sus dedos, una risa loca escapó de sus labios. Tomó las llaves, se dirigió hacia la puerta y salió de la casa, tenía ganas de correr. Ya habría tiempo para hacerse cargo del entierro.

Si me amas, ya sabes qué hacer

Sherry

Me dan tanta lástima los *inválidos*, ni siquiera me gusta usar esa palabra, pero es la que usan los medios y el gobierno para definirlos. Alguna vez fueron personas, ese hombre ahí, por ejemplo, al que se le está cayendo la piel de la espalda, alguna vez fue el hijo, el padre, el hermano o el amante de alguien. Hoy es nada, solo un esclavo para la compañía constructora que edifica el nuevo rascacielos, convertido en un ser sin valor, sin raciocinio, un *inválido* por causa de la pandemia.

Ted me mira desde el asiento de enfrente de la limosina y sonríe. Me lo ha dicho muchas veces, el dinero sirve para dar seguridad y nosotros tenemos mucho, lo que equivale a mucha seguridad. Aun así no lo sé, no me gusta cuando manejamos cerca de la construcción o de cualquier otro lugar donde tengan inválidos trabajando. "Inválido", de nuevo esa palabra, la detesto, suena a insulto, pero incluso el doctor dice que es lo correcto, pues el virus los ha dejado con taras mentales y físicas, aparte de ser extremadamente peligrosos para otros, ya no son miembros funcionales de la sociedad, han perdido su valor. No me gusta, me da miedo.

Ted

Sherry tiene esa cara de preocupación otra vez mientras mira por la ventana. Me acerco y le tomo la mano, la llevo a mi boca para darle un beso, no es sino hasta que siente el contacto de mis labios que pone atención a mi presencia.

—El nuevo rascacielos se inaugurará pronto —anuncio.

Bebo de mi copa de champagne. Ella sigue callada, con aquellos hermosos ojos oscuros fijos en el exterior. Sus mejillas están rosadas como las de un fragante durazno que pide tímidamente una mordida. Es tan hermosa. No me gusta verla preocupada.

—Y bien, ¿qué te parece?

Sherry baja la vista.

Sherry

Prefiero mirarme las rodillas, ya no quiero ver a los inválidos; me mortifica. Los dedos de mi esposo me aprietan con suavidad la mano, su toque es cálido, como si con cada célula de las yemas de sus dedos me quisiera transmitir seguridad, para reafirmar que no hay nada que temer.

—Estás muy callada —me dice.

—Se ve muy bien —respondo. Creo que mi voz titubeó un poco— Te felicito, es una obra magnífica.

—Pero te incomoda ver el proceso por las bestias de trabajo.

Qué manera tan fría de decirlo, "bestias", lo hace con un tono que no es ni siquiera altanero, sino de total indiferencia y la indiferencia mata, la indiferencia es cruel, la indiferencia les da una posición mucho menor que animales.

—No es eso.

Ted

Pero yo sé que sí es eso, la conozco como la palma de mi mano y sé que piensa en quiénes eran estas personas antes de que el virus los redujera a meras bestias de trabajo. Yo también pienso en ello a veces, pero prefiero no darle importancia. Seis años atrás, cuando se desató la pandemia, el gobierno puso en marcha un plan de contingencia que incluía evacuaciones y exterminios masivos. Quienes enfermaban se llenaban de llagas e iban perdiendo la razón hasta ya no reconocer a sus familiares, a los que atacaban con uñas y dientes. Si alguien contraía el virus, tenía que ser aislado, pues los que resultaban mordidos se contagiaban.

Uno de mis socios no tiene una pierna, se la tuvieron que amputar hasta la rodilla a raíz de haber sido mordido por su hija de ocho años. La pobre criatura ya no era más una niña; la enfermedad cambió su aspecto y su mente era la de una cosa asustada y agresiva. Era como ver a un leproso, pero más lamentable. Mi socio cometió el error de pensar que él y su esposa podían salvarla y en cambio tuvieron que abatirla a balazos. Una lástima, pero al final a él no le fue tan mal, al menos sólo perdió una pierna en vez de terminar convertido en un inválido.

Las medidas extremas de los gobiernos sirvieron para proteger a la población de un apocalipsis. Sin embargo existía un problema, debido a la gran cantidad de muertes hacía falta mano de obra para mantener al mundo funcionando. Fue entonces que salió aquel artículo sobre cómo los inválidos conservaban su fuerza física, algunos incluso eran más fuertes. Si bien eran violentos, reaccionaban con temor y sumisión al dolor físico. Se demostró que aplicando castigos eléctricos, se les podía obligar a trabajar. Y aquí están, vigilados por capataces especiales, construyendo mis edificios.

—Sherry —le digo—, sé que no te gusta ver a esas cosas trabajando, pero es un mal necesario. Se ha encontrado un buen uso para ellos.

Sherry

Suspiro, me da vergüenza demostrarle que me importa. Quisiera ser indiferente, porque después de todo los enfermos son un gran peligro. La otra noche vi a una estúpida activista en las noticias. Ella y sus jóvenes amigos irrumpieron en una granja demandando libertad y justicia para los enfermos. Tenían pancartas condenando lo que llamaban, la gran esclavitud del siglo XXI, un gran crimen contra la humanidad. Atacaron al capataz, este huyó, ella se acercó a liberar a los enfermos y a tomar una foto del momento. ¡Y vaya momento! Los inválidos la desgarraron en un instante. Solo quedaron sus intestinos por el suelo.

—El mundo bien se pudo haber ido al demonio —afirma Ted—, sin embargo no fue así. Son medidas duras, pero la sociedad está a salvo, sigue trabajando, produciendo. Se hizo lo que se tenía que hacer.

—Sí, yo lo sé.

Vuelvo a mirar por la ventana, los inválidos siempre marchan desnudos, la piel se les llena llagas y es más fácil mantener cierto nivel de higiene si no se les da ropa. Dos capataces han atado una cuerda a los testículos de un hombre y tiran de ellos. El inválido gime palabras inentendibles. No es necesario ninguna frase coherente para que me quede claro que le duele, pues sus alaridos son terribles. Los capataces ríen. El hombre tiene que llevar en brazos una pesada carga. Tirando de la cuerda, los capataces lo hacen recorrer la distancia. No se reirían igual si no estuvieran cubiertos con sus cascos y uniformes blindados.

La activista no se rio para celebrar su momentáneo triunfo ni les dio besitos.

Ted

—Ted, tengo algo que...

Me llama Sherry en un tono que es más bien un murmullo.

—No debes preocuparte de nada, mi reina—tomo su copa y la vuelvo a llenar de champagne y se la entrego—. Nosotros estamos protegidos.

Tomo mi copa y hacemos un brindis. Ambos bebemos. Miro mi reloj, no entiendo por qué tardamos tanto; el tráfico es terrible. Para un camión con cadáveres de los inválidos muertos. El protocolo es simple, trabajan hasta que la enfermedad por fin los mata, lo cual puede tardar un par de años. Luego los cuerpos se recogen y se incineran. Ella mira el camión, noto que contiene el aire. ¡Maldita sea, seguimos atorados en el tráfico! Esto no se mueve y tenemos que contemplar un espectáculo innecesario que incomoda a mi esposa.

—Ted, mi amor, por favor, necesito decirte algo.

—¿De qué se trata?

—¿Tú me amas?

La miro y sus ojos brillan como los de un venado aterrorizado, casi como si estuviera a punto de ponerse a llorar.

—Claro que te amo. Eso jamás lo dudes.

—¿Qué estarías dispuesto a hacer por mí?

—Lo que sea.

—Júralo.

—¿De qué se trata todo esto? —pregunto consternado, no entiendo a qué va esto.

—Júralo —vuelve a repetir, sus palabras suenan como una súplica.

—Si eso te hace sentir mejor, lo juro. Ahora dime qué es lo que quieres.

—Si alguna vez contraigo el virus, no dejes que me lleven, no dejes que me convierta, por favor, mátame.

Sherry

Ted se queda pasmado, con los ojos grandes e inquisidores como búho.

—¿Es que acaso te volviste loca?

Tomo aire, me tiemblan las manos, sé que es irracional tenerle miedo a lo que no tengo, sin embargo me aterra pensar que pueda convertirme en una inválida y acabar así, desnuda, con mi piel desgarrada, trabajando hasta morir. Quizá no lo notaría, pues los inválidos no son capaces ni siquiera de recordar a los que fueron sus familiares. "Inválidos", de nuevo esa palabra que detesto, impuesta por el gobierno y los medios para cosificar a los enfermos, para que la gente deje de ver en ellos a la hija, madre, hermana de alguien y vean solo a un bruto cuya fuerza letal debe ser contenida para protección y beneficio de la sociedad.

—No estoy loca, lo digo en serio.

—¡No hables tonterías!

—¡Ted, escúchame! —grito.

La copa de champagne resbala de entre mis dedos y el líquido dorado, con todo y sus burbujas, se derrama por la alfombra de la limusina.

Ted

—No tienes que levantarme la voz, yo no te he gritado jamás.

Ella parece avergonzada por un momento. Cierra ambas manos en puños sobre sus rodillas. Hoy usa un bonito vestido amarillo y naranja que le regalé en su cumpleaños pasado y que le queda muy bien. Le digo que es mi dama vestida de sol.

La expresión de Sherry se endurece.

—Ted, vamos a tener esta conversación, es importante para mí.

El aplomo con el que lo dice es determinante.

—Me aterra terminar así. Tienes que jurarme que si alguna vez contraigo el virus, vas a ayudarme a morir antes que permitir que me convierta en uno de ellos.

—Sherry, eso no va a pasar mientras sigamos las medidas de seguridad.

—¡Promételo!

Al parecer no hay manera de sacarla de eso. Cuando una mujer se pone terca en un punto, no hay poder que la haga desistir. No voy a pelear con ella.

—Te lo prometo.

—¿Prometes qué?

Suspiro fastidiado.

—Te prometo que si contraes la enfermedad, te ayudaré a morir antes de que te conviertas.

Ella por fin sonríe. Me acerco a ella para besarla. Esposa feliz, vida feliz. Ahora solo hace falta que el maldito tráfico se mueva.

Sherry

Me sumo en el silencio, el auto se mueve tan despacio. Pienso en personas del pasado, viejos amigos, conocidos, compañeros de trabajo, familiares. Tras desatarse la pandemia, algunos murieron rápidamente. Otros siguen vivos... aunque en realidad no sé si a eso se le pueda llamar vida. Observo a una mujer inválida que cae muerta en el sitio de la construcción, su cabeza calva tiene varias llagas sangrantes, su piel tiene extensas manchas rosas y está descarapelada. Su rostro no se parece al de nadie que haya conocido, está deformado por la enfermedad y por el maltrato que ha recibido. Me pregunto si acaso alguna vez la conocí.

Escucho un crujido metálico, miro por la ventana. Arriba, una viga que era sostenida por un cable de seguridad cae sobre nosotros. Me arrojo hacia el lado opuesto del auto y me preparo para el impacto. El ruido de la viga contra el auto es estruendoso. Después todo es confuso, hay quienes gritan, alguien me jala de la mano, es Ted quien no deja de preguntarme si estoy bien. Le digo que sí con un movimiento de cabeza. Milagrosamente solo tenemos raspones.

Hay toda una movilización de vehículos del gobierno. Ted me dice que debemos salir del auto. El lado izquierdo de la limosina está bien, lo suficiente para que empuje la puerta y salga. Afuera hay humo, mi cabeza resuena confundida por el ruido del impacto. Me llevo la mano derecha a la boca para toser, es entonces que lo siento, dedos que se aferran a mi brazo.

Ted

"¡No!", grito. Un inválido se escapó de la formación y fue directo hacia mi esposa, la sujeta del codo y le muerde el brazo cerca del hombro. Ella grita. Rápidamente se acercan los capataces, lo empujan, le dan macanazos y descargas eléctricas. La cosa gruñe y se retuerce en el suelo. Miro a Sherry, su perfecto aspecto de dama vestida de sol está mancillado por la sangre.

Contengo el aliento, lo mismo que algunos capataces a mi alrededor. No quiero tocarla, ¡fue mordida! Ella está aterrada, alguien exclama, "¡abran paso!", se acercan oficiales a nosotros y nos escoltan a pie, lejos del sitio del accidente. Me dicen que no me preocupe, que la ayuda está en camino. Sherry está en shock, parece que va a empezar a gritar de un momento a otro, pero no lo hace, se contiene mientras la trasladan a la sala de emergencias. Soy yo el que no deja de hablar; tengo peticiones, órdenes, reclamos, amenazas de demanda contra la compañía constructora, el gobierno, la vida, porque esto no puede estarnos pasando.

En el hospital nos dicen que nos calmemos, a Sherry como recordatorio, a mí como advertencia. Ella sigue sin decir mucho, pero ahora está llorando, su piel se ha puesto más blanca que los pétalos de un crisantemo. Yo le digo que todo va a salir bien. Se la llevan. Hubiera querido darle un beso, pero no me atrevo ni a tocarla.

Sherry

—¡Ayúdeme, doctor! —le suplico apenas cruzamos la puerta de alguna sala de procedimientos.

—Tenemos que cortarte el brazo.

Es determinante, lo dice con un aplomo que no deja cavidad a sugerencias u otras opciones. Yo entiendo perfecto que así debe ser. Miro mi mano derecha, muevo los dedos, como diciendo, "fue un placer, chicos", luego pienso en todas las cartas que ya no podré escribir con esa mano, las caricias que ya no daré, las cosas que ya no tocaré. Asiento con la cabeza.

—Firmaré el consentimiento.

Vuelvo a llorar, no por el brazo que pronto ya no tendré, sino por el terror que me invade; no quiero acabar inválida, no quiero que me

43

lleven a la zona para enfermos, ni perder mi mente, ni que me obliguen a trabajar hasta morir con ataduras ni macanas eléctricas. Me preparan para cirugía. El personal médico está listo para trabajar conmigo. Están cubiertos de pies a cabeza, me miran como si fuera un peligro. Solo quiero que esto termine.

Caigo en la vacuidad negra de la anestesia. Despierto un segundo después, o así me parece a mí; el tiempo no es igual para el que duerme el sueño de la anestesia que para el resto del mundo. Me pregunto por un momento a qué hora va a ocurrir todo, entonces me doy cuenta que ya está hecho.

Ted

La observo mientras descansa en nuestra cama. En este momento parece tranquila, mucho más de lo que estuvo en el hospital. Ella no quería estar allá, después de que despertó de la anestesia no dejó de protestar que quería irse, pero sacarla del hospital no era sencillo, tenía que permanecer en cuarentena hasta que los doctores tuvieran la certeza de que era seguro dejarla ir. Yo se lo dije. Ella solo me reclamó:

—Siempre estás diciendo que nuestro dinero es lo que más protección nos da. Bueno, ¡pues demuéstralo y llévame a casa!

Moví cielo, mar y tierra, usé mis influencias, el dinero fluyó furtivamente y al final lo conseguí. Se determinó que en apariencia estaba sana y de cualquier forma, ya había dado "negativo" a los primeros exámenes. Sin embargo se me advirtió lo peligroso que sería si se convertía. Tenía que mantener una estrecha vigilancia, y si acaso ocurría lo peor, era mi deber reportarlo cuanto antes para que no me matara, para que no acabara contagiado y en el mismo lugar al que iría ella.

Ella se da la vuelta en la cama, sé que está despierta. Desde que volvió casi no dice nada, solo piensa y piensa. Al menos ha estado tranquila.

En la noche, a la hora de cenar, ella se sienta y toma la cuchara con la mano izquierda.

—Debo aprender a hacerlo así —murmura.

—Todo va a estar muy bien —le digo sin creerlo.

Las advertencias de los doctores siguen resonando en mi cabeza. Me pregunto si fue un error ceder a sus ruegos y sacarla del hospital, si de verdad está limpia o si debimos hacer más exámenes.

—Ted, tú y yo tenemos un acuerdo, que no se te olvide.

Bajo la vista.

—Termina tu comida, necesitas recuperar tus energías, estás débil.

—¡Ted, lo prometiste! —Exclama desesperada.

—Sherry, cálmate —le ordeno con la paciencia de un padre a una niña—. Deja de hablar así.

—Ted...

—Deja de preocuparte, vas a estar bien.

Miro al mantel, luego de nuevo a ella, por primera vez desde que volvió ya no se ve pensativa ni tranquila, sino como si estuviera a punto de romper a llorar.

—Sherry, no hay de qué temer, te atendieron de inmediato, te quitaron todo el brazo y el hombro. Nada te va a pasar. Ahora debes preocuparte en aprender a hacer todo lo que hacías antes sin un brazo.

Ella baja la vista y contiene las ganas de llorar. Asiente con la cabeza. Su mano vuelve a sujetar la cuchara, toma un poco de sopa, la acerca a sus labios y sopla suavemente una y otra vez antes de sorberla.

Sherry

No dejo de sentir que el espíritu de la fatalidad ha extendido sus tentáculos hacia mí, me está persiguiendo, me pisa los talones, se ríe de mi miedo mientras me toca la espalda, como si dudara entre jalarme del pelo o tomarme del brazo que me queda. Corrí un gran riesgo al insistir en irme del hospital, pero quedarme ahí es un peligro mayor. Una vez que se descubre que una persona está infectada ya no se les deja salir más. Son llevados a salas especiales de contención manejadas por el gobierno donde se les prepara para trabajar. No hay consideraciones para niños, ni mujeres, ni ancianos, ni siquiera para personas con miembros amputados. Siempre hay una labor para todos.

Existen muchos rumores. Dicen que a algunos se les injertan quirúrgicamente cadenas a los huesos, para que siempre tengan de dónde colgar las cestas en las que se acarrea material. Otros dicen que en algunas plantas son atados a norias y forzados a caminar en círculos hasta morir, para producir energía. Podrían ser solo rumores, pero igual tengo miedo, no quiero terminar así. En el hospital estaba condenada, aquí en casa aún puedo salvarme en caso de que la fatalidad me alcance.

Ted se mantiene sereno. Yo no podré tranquilizarme sino hasta que pasen dos semanas y vea que no hay ningún síntoma, que pueda mirar hacia atrás y ver a la fatalidad lejos de mí. Dos semanas es el tiempo que se dice tarda el virus en manifestarse. Dos semanas de espera, las dos semanas más largas de mi vida.

No sé si pueda confiar en Ted. He visto en los noticieros escenas de padres arrojando a sus hijos a las jaulas de traslado del ejército, y a conyugues hablar de sus esposos y esposas, ya no como los compañeros que alguna vez fueron, sino como simples inválidos, como bestias por las que solo sienten asco y pavor.

El miedo es poderoso, tanto que puede transformar el amor en aversión. Ted dice que me ama, me ayuda en todas las cosas que tengo que hacer con una dedicación que me conmueve. Yo solo me pregunto, si estuviera enferma, ¿me trataría igual o llamaría de inmediato a los agentes del gobierno para que vengan por mí? Él evita besarme en la boca o en la cara, me trata con cariño, pero evita besarme; yo sé que tiene miedo y no lo culpo, está más que justificado.

Han pasado diez días, desde ayer algo me molesta en la parte de atrás de la cabeza. Le he pedido a Ted que sostenga un espejo a mis espaldas mientras estoy de pie frente al espejo del baño, de manera que pueda ver la parte de atrás de mi cabeza.

—¿Qué es lo que quieres ver? —me pregunta.

Aparto el cabello con la mano. Me quedo petrificada, siento como las mejillas se me ponen heladas. Me ha alcanzado, el espíritu de la fatalidad me tiene entre sus tentáculos.

Ted

Al principio no entiendo bien lo que estoy contemplando, es como si hubiera algo enredado entre sus cabellos, como un pedacito de papel. Luego comprendo que es un pedazo de su cuero cabelludo. Veo la llaga abierta y la carne roja, contengo el aliento, no quiero alarmarla.

Es entonces que ella empieza a gritar. El espejo resbala de entre mis manos, me apresuro a abrazarla.

—Está bien, está bien, no pasa nada.

—¡No! —emite un alarido y lucha por liberarse.

Yo la aprieto para evitar que siga luchando. Poco a poco se detiene, los alaridos se convierten en sollozos. Sus rodillas se doblan, la ayudo a llegar al suelo. Yo también necesito sentarme.

—No quiero terminar así, ¡no quiero!

—Shhh, mi amor. No va a pasar nada. Vamos a arreglarlo.

—¿Cómo?

Balbuceo, las palabras no me salen. Me obligo a hablar.

—Debe haber una cura para la primera etapa de la infección, estoy seguro que lo he escuchado. Debo hacer algunas llamadas.

—Ted, lo prometiste, si me amas debes matarme.

Me separo de ella con cierta violencia.

—¡No hables estupideces!

—¡Por favor! —Suplica histérica— Tú lo prometiste.

Trata de sujetar una de mis piernas, yo me sacudo para que no me toque, en el ajetreo le doy un puntapié. Me alejo de ella. La escucho llorar desconsolada. Me alejo a grandes pasos, voy hasta la biblioteca y cierro la puerta. Me doy un momento para tomar aire y pensar en lo que voy a hacer, tengo tantas cosas en la cabeza. Me arrepiento de haber reaccionado con tanta brusquedad, me siento como un imbécil por la patada que le di. Fui un tonto, la amo demasiado desde la primera vez que la vi y la idea de perderla me enloquece.

Recuerdo como si hubiera sido ayer cuando la conocí. Estaba comiendo ensalada, sola en el centro comercial. Tenía una blusa lila. Yo jamás había titubeado al hacer negocios o al hablar con otros, pero ahí frente a ella, me sentí como un muchacho que no sabe ni de qué hablar. En nuestra primera cita la llevé a cenar a un sitio caro. Quería impresionarla, pero fue ella la que me impactó con su buen humor, su sonrisa y su elocuencia para hablar de lo que le apasionaba. Camino a su casa yo andaba en las nubes, en el reproductor del estéreo del auto Paul McCartney cantaba *"Here, there and everywhere"*. Yo aún estaba tarareando esa canción para ella unos segundos antes de besarla por primera vez.

No puedo perderla. Sobrevivimos el inicio de esta maldita pandemia, estuvimos juntos en los refugios durante los primeros meses. Volvimos juntos a casa cuando surgió la alternativa. Aún tenemos planes, hemos aplazado por diez años el tener hijos, todavía podemos hacer una familia. No puedo hacer lo que me pide, ¿cómo destruir lo que más amas? Tengo dinero, puedo pagar el tratamiento que sea. Enciendo la laptop, comienzo a buscar. Tomo el teléfono y empiezo a hacer llamadas.

Sherry

Ha venido el doctor, el mismo que me vio en el hospital, su discreción fue vital para sacarme y ahora lo es más. ¿Qué dice? Casi no entiendo su lenguaje rebuscado de... de... de lenguaje de doctor. Él y Ted intercambian miradas... ¿sí es el mismo que me vio en el hospital?... ¿qué significan esas miradas? Quiero que paren. Por fin se va. Le pregunto a Ted, él está sombrío.

—No es el único. Vamos a encontrar una cura.

No podemos correr el riesgo de sacarme de...aquí... sino hasta estar seguros que iremos a donde esperanza haya. No sé si haya...si haya... cura haya. Trato de repetirme que no todo está perdido.

Hoy tenía comezón en la espalda. Me doy vueltas frente al espejo del baño, como un... como un... miau, ¡gato!... como un gato persiguiéndose la cola. Hay sangre en mi camisa de dormir. Me sangra la espalda sangra.

Ted

No puedo creer que no hay nada. Estoy dispuesto a hacer lo que sea, a pagar lo que sea, a llevarla a donde sea. No hay respuestas positivas. He tenido que manejarme con mucha discreción, temo a la denuncia de terceros. Nadie puede saber que la tengo en casa o llamarán a las autoridades, se la llevarán. Ella no quiere que se la lleven y yo no puedo permitírmelo.

Le ha salido una nueva llaga en la espalda. También está más lenta para hablar. Una voz en mi cabeza me dice que la mujer que amo se está desvaneciendo, que lo que queda es otra cosa. ¡No! No quiero verla así, ella es y será siempre mi Sherry.

Sherry

Se lo he pedido otra vez, ¿qué le he pedido? Él escucha no, sigue hablando de encontrar una cura que no existe. Me enojo con él, quiero obligarlo. Lo abofeteo con la mano izquierda. Él me detiene, yo pateo, quiero arañarle la cara, morderlo. Dice que cura encontraremos... Aire... aire... aire... dentro, fuera, dentro, fuera, dentro, fuera. ¡Cobarde traidor! No puedo contar con él, tiene miedo, va a entregarme. No creo tener a nadie a quien pedirle ayuda. Recuerdo amigos que murieron en el inicio de la pandemia. Familia... mamá, papá... no recuerdo sus nombres, pero sí recuerdo que están muertos... ¿tuve hermanos? No, nunca. Estoy sola... ¿cómo se llamaban mis padres? Se ha vuelto tan difícil recordar. Debo sola encargarme, con la mano que me queda... con la razón que me queda.

En la noche bajo a la cocina... en uno de estos cajones hay algo... algo... algo afilado y brillante, lo veo y lo tomo. Una vez vi una película, o un programa, no sé, debo ponerlo contra mi cuello y jalar de lado a lado... ¿cómo se llamaban mis padres?... de lado a lado... ¿de lado a lado, o de arriba hacia abajo?... lado a lad... lad a lada... Me tiembla tanto la mano... Perdón mamá y papa... ¿y sus nombres?... de lado a lado...

Ted

—¡No! —grito, está armada.

Me abalanzo hacia ella, le tomo el brazo, ella trata de luchar. No parece la débil mujer que un par de semanas atrás estaba agobiada por el intenso dolor en su osamenta, tras la amputación de su brazo.

—Sherry, detente, ¡Sherry!

El cuchillo cae al suelo. La mano le tiembla.

—Ya, tranquila.

Ella bufa, emite una serie de gruñidos. Luego empieza a llorar.

—¿Qué estabas tratando de hacer?

—Yo... yo... mamá... papá...

La atraigo contra mi pecho y la dejo que llore. Su mano izquierda se aferra a mí, como si quisiera protección, tras unos instantes, los dedos se mueven de arriba abajo, como una nueva compulsión por arañar. No puedo ayudarla, ni con todo mi dinero puedo ayudarla. Alas negras infernales me envuelven, llenándome de dolor y desesperanza, todo está perdido. Miro su rostro grasiento, sus llagas que necesitan ser limpiadas.

—Perdón —murmura—. Debo hacer...

La separo de mí, miro su rostro, ni siquiera me mira, parece perdida mientras balbucea algo inentendible. La Sherry que amé se está desvaneciendo. Toco su frente, está ardiendo en fiebre.

—Tranquila, todo está bien —sonrío—. Te tengo noticias, hay una cura.

Sus labios se arquean en una mueca que es un roto intento de sonrisa.

—¿Verdad?

—Sí, mi amor, hay una cura. Ahora ven, vamos a que tomes un baño tibio para limpiarte las heridas y bajarte esa temperatura.

Subimos las escaleras despacio. Aún me sigue, yo sé que pronto no se dejará guiar más y yo tendré que correr por mi vida. Entramos al baño, pongo el tapón a la tina y abro la llave. En lo que se llena la tina, la ayudo a desvestirse. La llaga de la espalda ha empeorado, es como si la piel se le estuviera desprendiendo. Hay nuevas llagas en sus piernas. Les doy una mirada mientras recuerdo la primera vez que me rodeo con ellas mientras hacíamos el amor. La amaría rota, la amaría como fuera, porque no imagino mi vida sin ella. El fuego del averno me consume por dentro.

—Ven, el agua está deliciosa.

Cierro la llave, me arremango la camisa y la ayudo a meterse en la tina. Ella de nuevo me da esa mueca rota. Tomo agua con mis manos y la dejo caer en su cabeza, una y otra vez mientras le canto bajito, *Here, there and everywhere*. Sherry se va relajando, yo sigo cantando. Ella me pidió una prueba de amor. Solo eso debo tener en mente: una prueba de amor. Pongo mi mano sobre su cabeza, me incorporo y empujo hasta el fondo. Escucho un gemido, burbujas de aire, fijo la vista en la pared para no mirar abajo, ella lucha, me ayudo con la otra mano para mantenerla así mientras sigo cantando el resto de la canción hasta el final.

No sé cuánto tiempo he estado sentado sobre el inodoro, con la cabeza entre las manos. Una de sus piernas está sobre el borde de la tina, el resto de mi Sherry bajo el agua. Hice lo que quería. No dejo de sentir las alas negras del infierno en mi corazón. ¿De dónde saca uno coraje para lastimar a la persona que más se ama? No sé, supongo que del lado oscuro del corazón, aquel que te lleva a hacer incluso lo más ruin e impensable. Ella descansa, nunca será una esclava. Aun así, no creo poder perdonarme jamás.

Me levanto, cruzo la puerta que da del baño a la recámara. Tomo el teléfono, oprimo los botones. La voz de la operadora responde:

—9-1-1.

Suspiro, no me salen las palabras, no sé ni por dónde empezar.

Tu sangre endemoniada

Querido Bruno:

Te escribo porque quiero que sepas que tú fuiste el gran amor de mi vida. A veces creo que lo seguirás siendo siempre. He pensado mucho en lo que sucedió; una y otra vez he tratado de comprender, pero al final sigo sin entender nada. A veces desearía despertar una mañana y descubrir que todo fue un mal sueño; me encantaría que las cosas se arreglaran, volver a estar juntos como antes, pero no creo que sea posible, nada de lo que pasó tiene sentido.

La primera vez que noté algo raro fue aquel día que fuimos a ver el Gran Cañón, ¿te acuerdas? Era verano, estaba haciendo muchísimo calor, lo suficiente para enloquecer a cualquiera. Íbamos bien preparados para el recorrido con botellas de agua, lentes oscuros y gorras. Cómo caminamos ese día, recuerdo que con el mapa del parque en la mano, tú insististe en que debíamos recorrer todo: la torre, los puntos para mirar el cañón y el centro de información. Yo estaba feliz, me sentía más como si estuviéramos de vacaciones y no como en una excursión de un sábado.

Tomamos fotos del paisaje, de las rocas, de los caminos, de las plantas y nos tomamos muchas selfies. Hablamos de lo hermoso del Cañon, de nuestros trabajos, discutimos si comeríamos pizza o hamburguesas para el lunch. Nos dijimos lo mucho que nos amábamos, nos reímos de tonterías y nos hablamos de cosas sin importancia como si fueran relevantes. Nos divertimos tanto, estábamos enamorados, eso lo podría notar cualquier persona.

Nos detuvimos en un área de descanso, tú dijiste que estabas agotado y recargaste tu cabeza en mi hombro. Con los ojos cerrados, parecía como si durmieras, pero yo sé que no era así. Momentos como aquel eran la armonía perfecta del amor. Tú y yo en silencio, envueltos por la cálida brisa seca, perfumada de la esencia de la tierra. Mis ojos estaban fijos en los remolinos de tu pelo oscuro. Te hice cosquillas en una oreja con un mechón de mi propio cabello, tú sonreíste con los ojos cerrados y agitaste tu mano como quien espanta un insecto. Miré al cielo, estaba tan perfectamente azul y claro, tras un rato decidí volver a molestarte con mi pelo. Tu garganta emitió un dulce ronroneo, casi como una súplica juguetona de que no te despertara, abriste los ojos, me rodeaste con los brazos y me hiciste cosquillas. Yo me reí, te pedí que pararas, te aseguré que no te molestaría más. Después de eso me diste un beso. Tomé tus lentes de sol y me puse a jugar con ellos. Al cabo de un momento me pediste que te los regresara, así lo hice, tú te los pusiste, entonces te sobresaltaste. Te pregunté si pasaba algo, tú dijiste, "Nada, Angie, todo está bien", luego te quedaste pensativo otra vez. Noté que tenías la vista fija y que una mueca de preocupación se dibujó en tu rostro. Te pregunté de nuevo si todo estaba bien. Balbuceaste que al enfocar la vista en la parte interna de los lentes, podías ver el reflejo de tus propios ojos castaños sobre los vidrios, y que por un momento te pareció como si vieras los ojos negros de un animal. Suspiraste, me dijiste que no te hiciera caso y que mejor siguiéramos caminando.

Ya en la noche, de regreso a Phoenix, te noté algo pensativo. Estabas como en trance, no reaccionaste ni siquiera cuando la canción en turno en la radio fue una de Romeo Santos y yo me puse a cantarla a todo pulmón. A ti no te gustaba Romeo Santos, lo tolerabas porque a mí me encantaba, pero jamás te contenías de hacer comentarios del tipo *"oh God, kill me"*, y hacer como si te dispararas en la cabeza. En cambio esa noche, ni prestaste atención. Hay algo en cada pareja que cuando estás acostumbrada a ciertos detalles del otro, en el momento que faltan, sientes que algo está sucediendo. Pero lo más desconcertante era esa expresión que tenías, tal como hice horas antes. Te pregunté si estabas bien, tú respondiste que estabas muy cansado. Yo me colgué de tu brazo y traté de distraerte haciendo conversación. No le di importancia, ese había sido uno de los días más bonitos que pasamos juntos y eso era todo lo que importaba.

La siguiente vez que descubrí que algo te inquietaba, fue unos días después de tu cumpleaños veintiocho. Caminábamos por el mall. Estábamos hablando de nuestros planes de irnos a vivir juntos y luego de que si tu papá y tus hermanos te habían regalado pastel, entonces te pregunté si habías pedido deseo, tú me contaste que algo así, que últimamente estabas nostálgico por el hecho de no haber tenido a tu mamá, y que no sabías por qué tenías en la cabeza una idea persistente de conocer a tu madre. Te dije, "con gusto te acompaño a llevarle flores al cementerio". Sonreíste con un destello de melancolía y dijiste, "Sí, quizá sea que debo ir al panteón, es solo que...", hiciste una pausa, luego tus labios se volvieron a abrir y comenzaste a hablar de todo lo que había en tu mente sin reparar en mi presencia. "No sé por qué siento que debo buscar a mi madre, yo sé que está muerta, pero algo me dice que debo buscarla. Hay algo, algo que me grita, ve con ella...". Te detuviste, volviste a posar la vista en mí, pude ver en la mueca que se dibujó en tu rostro que estabas avergonzado. "Perdóname, ¡qué tontería! No tengo a nadie a quien buscar".

De repente te quedaste viendo tu imagen reflejada en un escaparate. Por un instante apretaste mi mano, luego la soltaste y murmuraste en un tono lacónico, como si te repitieras algo a ti mismo: "El ciclo lunar tiene veintiocho días. Hay una luna nueva cada veintiocho días. El ciclo femenino es de veintiocho días, la luna nueva y la sangre llegan cada veintiocho. El ciclo se completa con veintiocho... veintiocho...". No entendí de qué hablabas. "Bruno, ¿estás bien?", pregunté. Un parpadear y un sacudir de cabeza marcaron el momento en que saliste del trance. "¿Me decías algo?", preguntaste como si la que hubiera estado hablando hubiera sido yo. Te miré preocupada, tú sólo dijiste, "no hagas caso, el trabajo me tiene estresado, necesito relajarme para dejar de pensar tonterías. No te preocupes".

Sonreíste, tomaste mi mano de nuevo con todo tu amor. Yo me acerqué a ti, me paré de puntas y te besé. ¿Te acuerdas de eso? El cariño con el que mis brazos te rodearon, posesiva, fuerte, pero a la vez delicada, igual que una celosa madreselva se enreda en torno a un querido árbol. Fue un beso muy largo, intenso, de los que te cortan la respiración pero al mismo tiempo te inyectan nueva vida. Fue la última vez que me besaste así.

A veces uno se esperaría que las cosas malas se den muy lento, lo suficiente para percatarse y hacer todo lo posible para evitarlas. Desafortunadamente, muchas veces las desgracias se abalanzan sobre nosotros cual marea imparable y brutal. Lo que pasó contigo fue así. En el curso de un mes cambió tu conducta. De manera progresiva, te volviste taciturno, irascible, nervioso y parco para hablar, cada día más. El brillo de tu cálida presencia se convirtió en la sombra de un hombre gélido. Ya no eras cariñoso como antes, ya no jugueteabas conmigo, en vez de eso tenías cambios drásticos de humor, o actuabas como si tuvieras una gran preocupación, la cual te estuviera carcomiendo las entrañas para dejar salir lo peor de ti.

Perdiste interés en cuanto había en tu vida cotidiana. Los únicos momentos en que te tranquilizabas y mostrabas algún tipo de interés por algo, eran cuando leías. Un día me mostraste que conseguiste un enorme volumen de mitología de medio oriente. Nunca soltabas el libro, tratabas de leerlo en todo momento y cualquier pretexto era bueno para volver a él: que si mientras esperábamos por la pizza a ser servida, o que si mientras yo manejaba para llevarte a casa, porque te reusaste a conducir alegando que estabas muy nervioso y no querías arriesgaste a cometer un error y que te pusieran un ticket. Te pregunté por qué tu nuevo interés por la mitología, a lo que contestaste: "Las creencias antiguas de los hombres me dan idea de una realidad distorsionada. ¿Has notado que hay historias con situaciones en común? Bueno pues eso es porque son las interpretaciones que distintos pueblos le dieron a un mismo fenómeno. ¿Cuál es la verdad? Eso no lo puede definir cualquiera". No comprendí a qué te referías con esto último y tú no quisiste decirme nada más.

Un día que te noté melancólico, pensé que quizá tenías otra vez nostalgia por tu madre, así que te sugerí de nuevo ir a visitarla al cementerio. Tú me clavaste una mirada de hielo y dijiste: "¿Qué te hace pensar que extraño a alguien a quien no conocí? No es nostalgia por la que me vio nacer, sino necesidad de encontrarme con el origen de mi estirpe". Me dejó muy consternada esa respuesta, admito que incluso pensé que te estabas volviendo loco. Tomé aire y con todo mi amor y toda la paciencia del mundo te pregunté que a qué te referías con eso. Tú sonreíste con cierto brillo malicioso nada propio de ti, pues nunca antes te había visto un gesto como aquel. "He descubierto mi origen ancestral, pero eso no es asunto tuyo". Me encogí de hombros, debo haberme visto igual que un gatito temeroso al que acaban de regañar. El tono antagónico de tu voz fue como si cada una de tus palabras fueran piedras arrojadas para hacer daño.

Decidí cambiar el tema y pretender que nada había pasado, lo último que quería era iniciar una discusión. Siempre es bueno ser prudente y saber cuándo pelear y cuándo no. Sin duda que me molestaba tu tosquedad, pero también era consciente de que si adoptaba una postura severa contigo, solo te alejaría de mí. Tenía que ser cautelosa para saber qué te ocurría, porque era obvio que algo te estaba pasando. Había cambios, no solo en tu conducta, también en tu aspecto físico y esos eran los peores; la suave piel de tu rostro y de tus manos se volvió áspera y seca, como las arenas del desierto. Tu semblante no era muy agradable, te veías como si te estuvieras cuarteando; tus ojos castaños se aclararon un poco, como si se estuvieran volviendo color miel; tus uñas comenzaron a oscurecerse; tus dientes se pusieron amarillentos, con el esmalte cayéndose a pedazos. Bajaste de peso, al punto que los huesos de tus hombros se saltaron.

Días después noté que respirabas con esfuerzos y tosías mucho. Ya no podía seguir jugando a ser prudente y no inmiscuirme, así que te pregunté sí habías visto a un doctor, porque tenías que hacerlo, tu salud era importante. Tú reaccionaste mal, te molestaste, me dijiste que no era asunto mío y vociferaste que te dejara en paz. No podía creerlo, yo me preocupaba por ti y tú te enojabas, lo cual me hizo enojar a mí también. Ese día sí acabaste con mi paciencia, no tenías que tratarme así. Discutimos, tú te pusiste en un papel defensivo y yo te dije, "pues si eso es lo que quieres, *go ahead!* A fin de cuentas tienes razón, es tu problema, *so screw you!*". Sé que eso no fue amable en lo absoluto.

Después de eso no nos hablamos, yo no tenía ganas de verte. Te seguía amando con todo mi corazón, pero estaba enfadada. Al cabo de una semana el disgusto se me pasó y mi corazón estaba triste de estar lejos de ti. Por más enojada que estuviera, tenía que volver a ti, igual que las olas siempre vuelven a la playa del mar. Pensé muchas cosas, concluí que no lo hacías a propósito, sino que eras víctima de alguna clase de enfermedad física y mental. Cualquier remanente de molestia fue aplastado por la ansiedad de recordar lo mal que te veías, sumado a tu silencio, así que me dije, "hoy que está enfermo, es cuando más me necesita", y me decidí ir a verte.

Te llamé al celular, tú no contestaste. Ya en la noche, fui a tu casa sin avisar. Tu papá me abrió la puerta. Se veía abatido. Me puso al tanto de que tu condición se volvía más preocupante. Al menos ya no tosías, pero... bueno, me dijo que lo viera por mí misma. Subí las escaleras, empuje con suavidad la puerta de tu habitación, tú estabas en la penumbra, sentado en el suelo, con la ropa sucia hecha jirones. Tenías en las manos una hoja de una revista y unas tijeras, estabas cortando la foto de una modelo por el contorno. A tu alrededor había restos de periódico y revistas, como si estuvieras haciendo un caótico collage de toda clase de imágenes. El olor del lugar era nauseabundo;

apestaba a suciedad, a aire enrarecido por el encierro, a sudor y a enfermedad. La luz del pasillo cayó sobre ti, giraste la cabeza en mi dirección, descubrí que la sequedad de tus manos y cara le daba a tu piel el aspecto de escamas. Tenías el pelo todo enmarañado y tus ojos se habían vuelto amarillos, similares a los de alguna especie de animal salvaje.

Me congelé, tuve que armarme de valor para entrar. Iba a prender la luz, tú me gritaste que no lo hicieras. Te levantaste de golpe y te apresuraste a cerrar la puerta en cuanto estuve dentro, luego retomaste tu posición en el suelo. Adentro tan solo tenías la poca luz de la lámpara de tu mesa de noche. Volviste a tomar las tijeras y la foto de la modelo, terminaste de recortarla, luego miraste la foto con sardónica satisfacción, la colocaste en el piso y tomaste otra revista. Pasaste las páginas al tiempo que tarareabas alguna canción. Veías todas las fotos sin poner atención, luego te detuviste frente a otra de las fotos, la analizaste un momento y te escuché murmurar, "tú también". Arrancaste la página y de nuevo las tijeras bailotearon.

Te pregunté por tu salud, me dijiste que ya estabas mucho mejor, levantaste las manos y me mostraste lo marcados que estaban los músculos de tus brazos. Tenías un improvisado vendaje en la muñeca izquierda. Con la poca luz que teníamos, vi que el vendaje estaba ensangrentado; me pareció que la herida que tenías estaba infectada. Traté de que me dejaras revisarla, te negaste a que te tocara. "¡Es que no se ve bien!", insistí, "por favor, déjame que te ayude, tenemos que ir a emergencias". Puse una mano en tu hombro, apenas sentiste mi contacto, te levantaste, me sujetaste por el cuello y me empujaste con desprecio. Me tambaleé, hice un esfuerzo por no caer. No me lastimaste, ni siquiera me empujaste fuerte, lo que me heriste fue el alma, tu desprecio me dolió. Te dediqué una mirada de resentimiento, permaneciste estático, como si mantuvieras una guerra en tu interior, luego tomaste una profunda bocanada de aire y te excusaste diciendo que estabas nervioso. Volviste al suelo y a tus recortes.

Analicé tu aspecto. Tu pecho subía y bajaba con la rapidez de tu respiración. Disimulé lo mejor que pude las emociones que turbaban mi corazón. Como una forma de relajar los ánimos, traté de iniciar plática. ¿Te acuerdas de algo de lo que hablamos? Yo no, creo que fueron puras trivialidades, la verdad es que estaba asustada; mi mente estaba absorta entre la expectación y el miedo.

Me dirigí hacia la lámpara, tenía la necesidad de tener cerca una luz, igual que un esquimal perdido en una larga noche polar, ansiaría llegar pronto a casa para calentarse junto al fuego. Mire a mi alrededor, sobre la cama y sobre el escritorio tenías varios libros de mitología. Les eché un vistazo, tenías separadores en secciones de mitos de Mesopotamia, Babilonia, historias griegas y hebreas. Levanté un libro viejo, la tapa decía "Demonología", lo solté como quien se desprende de algo asqueroso.

Levanté la vista, entonces me fijé en algo que por la oscuridad del cuarto, hasta ese momento no había divisado, sobre la pared estaba escrito con sangre, "Lilit". Pasmada, te pregunté qué significaba eso. Con orgullo, dibujaste una mueca siniestra, dejando al descubierto tus dientes que se habían vuelto puntiagudos como los de los lobos. Respondiste: "Un ser poderoso". "¿Algo así como una diosa?", te pregunté y tú te reíste. "No, baby, hay quienes así la ven, pero la mayoría dice que es un demonio femenino. Su imagen está asociada con la seducción, la muerte de recién nacidos y los vampiros. Sí, todo eso; hay muchos mitos en torno a ella".

Me di cuenta que el tema te interesaba, era una buena manera de hacer conversación. "Nunca había oído de eso. Tal vez quieras hablarme de ella". Tú comenzaste sin dejar de hacer tus recortes. "Verás, no sé si alguna vez has notado que hay una pequeña incongruencia en el Libro del Génesis. Dice que al sexto día Dios creo al hombre y a la mujer, luego descansó. Después, en el siguiente capítulo crea a la mujer. ¿Qué acaso no estaba creada? La razón no está en la Biblia, sino en otros libros. Dice la leyenda que en efecto, Dios creó al hombre y a la mujer a su imagen y semejanza. Lilit fue la primera esposa de Adán. Él no quería tratarla como a su igual, así que ella huyó del paraíso. Prefirió ser libre y establecer su dominio en el desierto, junto a los demonios del Mar Rojo, con quienes tuvo muchos, muchos, muchos hijos, lo mismo que con miles de hombres. Es así que, ella es la madre de una dinastía que se mezcló con la humanidad cuando sus hijos tuvieron hijos con los descendientes de Adán y Eva. Es por eso que, los seres humanos son mitad demonio".

No me gustó nada cómo sonaba eso. Me atreví a decir, "Es una historia fea, pero es solo eso: fantasía". "¿De verdad lo crees?", preguntaste con aire burlón, tú mismo en ese momento me pareciste como sacado de una de esas historias de demonios, y ya no supe si debía correr lejos o lanzarme a tus brazos, romper a llorar y suplicarte que volvieras a ser el de antes. Proseguiste, "Tal vez el mito tenga algo de real, sin duda que el hombre es producto de la evolución, pero también, sin duda que hay ciertas leyendas que aunque no son verdades absolutas, si esconden hechos verídicos de ciertos sucesos. Quizá en algún lugar del desierto hubo una mujer mística que se apareó con demonios y dio a luz una dinastía que aún camina entre nosotros, porque lo creas o no, están entre nosotros". "¿A qué te refieres con eso?", pregunté algo incómoda. "A que hay sangre de demonio en las personas, en algunas más concentrada que en otras; son los descendientes de Lilit".

Hiciste una larga pausa, luego proseguiste con naturalidad, "Dime algo, Ángela, ¿nunca le preguntaste a tus padres cómo fue para ellos venirse para acá a los Estados Unidos? Tú y yo ya nacimos acá, pero ¿alguna vez les has preguntado de cuando se pasaron?". La pregunta me agarró por sorpresa, me tomé un momento para pensar. "Bueno, cuando mi papá se vino de México, dice que lo más difícil fue atravesar el río. De mi mamá no sé". Pusiste las tijeras a un lado, guardaste silencio ceremonial por un momento, antes de contarme. "Mi mamá era de Nicaragua, mi papá de México. Ambos tenían historias llenas de dolor, de hambre, de noches de frío. Pero lo verdaderamente aterrador, son las anécdotas en las que tuvieron que esquivar la maldad de los mismos seres humanos. La discriminación es quizá lo menos terrible, hay gente que está dispuesta a cosas peores: a matarte por diversión, a pretender que son tus amigos para robarte o venderte como esclavo para trabajo forzado o explotación sexual. Hay verdaderos monstruos entre las personas, sin ninguna piedad ni remordimiento. ¿Te das cuenta?".

Moviste tu mano y apuntaste los recortes que tenías esparcidos en el suelo en torno a ti, proseguiste, "Sí hay características demoniacas en las personas. ¿Quiénes otro ejemplo? Toma el periódico y ábrelo, ni siquiera tienes que buscar las notas internacionales, entre las historias locales verás que aquí mismo, en Phoenix, pasan cosas terribles, sin importar si son hombres o mujeres, niños o adultos, blancos, negros o latinos. El ser humano es quizá el peor monstruo de todos. Hay gente con sangre maldita, la cual se manifiesta dependiendo de qué tan concentrada esté. Además, así como no todos los miembros de una familia heredan exactamente las mismas cosas, no todos a los que la casualidad los hace nacer descendientes de demonios tienen los mismos rasgos. Unos heredan solo la crueldad.

También hay algunos pocos privilegiados que heredan algo sobrenatural. Como te dije antes, hay historias que ligan a Lilit incluso con los vampiros. Pero no más de eso, sería muy largo narrarte tantas leyendas".

Me mordí los labios, tú no me quitabas la vista de encima, sentí que debía decir algo. "Nada de eso es posible", fue lo único que atiné a comentar. "¿Tú crees?", fue la respuesta. Acto seguido, te llevaste una mano a la cabeza y desprendiste un grueso mechón de tu cabello, como quien se quita algo muerto, lo contemplaste un momento entre tus dedos y lo dejaste caer como quien se sacude confeti de las manos. Después dijiste, "Vete a tu casa, Ángela y no vuelvas más".

Descorazonada me dirigí a la puerta. Volteé una última vez, tú ni siquiera me prestaste atención, seguiste ocupado en hacer danzar a las tijeras.

Lloré mucho por ti. Extrañaba al hombre que amaba, tu risa, tu calor, tu compañía, tu conversación, poder besarte, acariciar tu piel. ¿Por qué cambiaste? ¿Por qué?

Días después, una noche sin luna, recibí una llamada de tu padre preguntando por ti. Me dijo que habías escapado. Sin dudarlo, subí a mi coche y me fui a buscarte por la ciudad sin éxito. No me rendí, una y otra vez me decía, "Phoenix puede ser una gran ciudad, pero no es un laberinto". Salí a buscarte todos los días durante una semana.

La noche del séptimo día, manejé durante horas. Tenía la esperanza de encontrarte, aunque también temía que no podría hacer nada por ti. Las calles estaban desiertas. Tomé el freeway, manejé por un rato sin acelerar. Entonces, debajo de un puente vi un ser con un aspecto similar a una gárgola, el cual estaba inclinado sobre el cuerpo inerte de un vagabundo. Pisé el freno y me orillé en su dirección. Fue una suerte que no tenía a nadie detrás, de lo contrario hubiera ocasionado un accidente. Las luces delanteras de mi auto hicieron a la criatura levantar la cabeza, sus ojos amarillos centellearon. De su boca entreabierta escurría sangre. Sin bajar del auto enfrenté cara a cara al monstruo. La criatura emitió un fuerte chillido, al hacerlo dejó al descubierto una boca de dientes afilados y dos pares de largos colmillos. Su cuerpo desnudo dejaba ver articulaciones de huesos deformados y miembros con músculos firmes surcados por gruesas venas. Daba la impresión de estarse descarapelando, igual que una serpiente que cambia de piel. Eras tú, ¿no es así? Lo supe porque al gritar tu nombre la criatura se alejó corriendo a una velocidad sobrehumana.

Pisé el acelerador a fondo, tenía que alcanzarte, por dentro iba rezando que no me viera ningún policía que me obligara a pararme. Te seguí esperando que te detuvieras, que regresaras, que de alguna forma mostraras, ¡no lo sé! Quizá que aún había algo del Bruno que conocí, que todavía me querías. Fue en vano. Te seguí por algunas millas, luego, tras tomar la 17 te saliste lejos de la ruta para perderte en la oscuridad.

Por un tiempo te seguí buscando sin éxito. Tiempo después, escuché rumores de que una especie de monstruo fue visto por granjeros en el desierto de Arizona. Se decían muchas cosas; unos juraban que era un alienígena; otros, un vampiro. Escuché incluso quien bromeara diciendo que con lo mal que estaban las cosas con la violencia en México, ya hasta el Chupacabras había migrado para Estados Unidos. Solo yo sabía la verdad.

Pienso en aquello que me dijiste sobre el que hubiera sangre de demonio en las personas. Lo que nunca esperé, es que tú poseyeras rasgos tan fuertes de un linaje tan funesto. En ti era intenso el eco de esa dinastía. Esos genes en algún momento despertaron, igual que se activaría una enfermedad congénita, para transformarte, para estimular un anhelo en ti de alejarte de los seres humanos y reencontrarte con otros iguales, tal vez buscar a la matriarca de tu estirpe. ¡Qué sé yo! Sigo sin entender muchas cosas, este misterio es demasiado grande para explicarlo.

Me pregunto en qué momento descubriste esa parte de ti, si has emprendido un peregrinaje en búsqueda del fantasma de Lilit, si tal vez se le pueda invocar desde cualquier desierto del mundo, si la esperas cuando hay luna nueva, después de todo, ella está asociada con el lado oscuro de la Luna; eso lo aprendí cuando le pedí a tu papá que me dejara quedarme con algunos de tus libros, entre otras cosas tuyas que guardo. Tu recuerdo es mi tesoro.

Tal vez estoy loca, pero a pesar de lo ocurrido sigo enamorada de ti. Debería olvidarte, pero no puedo. Ojalá la vida fuera como en aquellas novelas, en las que el amor redentor es invencible y rompe maleficios. Por desgracia, el amor no siempre tiene ese poder. Así como no por mucho que ames, los defectos de tu hombre se convertirán en virtudes. Yo entiendo que mi amor no te transfigurará en el Bruno que adoraba. Debo aceptarlo, no hay nada que pueda hacer ya. El amor es cruel, te hace sentir como si volaras, pero no es así, todo es vana ilusión. Lo peor es que el amor también te vuelve terco, para que perseveres en tu sufrimiento, para que te cueste y te duela hasta los huesos olvidar.

Nunca recibirás estas letras. La razón por la que te he escrito, es para desahogarme de todo lo que me quedé con las ganas de decirte; esta carta sin destino es una catarsis para mi corazón. Voy a ponerla en la caja donde guardo tus recuerdos. Me pregunto si alguna vez piensas en mí. Tu ausencia me atormenta, pero de alguna forma debo seguir adelante. Lo único que me queda por decir es, gracias por todos los buenos momentos que pasamos. Recibe un beso donde quiera que estés.

Tu novia que te extraña,

Ángela.

Un beso y un Martini

Decir que es bonita es quedarse corto, ella es bellísima, con aquel cabello negro, la piel morena suave como terciopelo oscuro y esos grandes ojos castaños. Sí, yo la conozco mejor que nadie, sé la longitud que tienen sus piernas, el espacio que hay entre cada uno de sus ojos, la raíz cuadrada de sus pensamientos, la circunferencia de sus caderas y los decibeles de su voz cuando ríe. Ella es coqueta, pocas cosas le agradan tanto como atraer las miradas de los hombres. Le gusta seducir, muchos han sido los que han caído presa de su encanto, ella les ha dado a beber de su amor, pero al final ha acabado con las vidas de todos. Entonces la historia vuelve a repetirse; ella sale a buscar amor, con su vestido de pecadora y su aire de depredador.

Cada noche desde hace años, la miro en silencio, sentado en una mesa en una esquina del bar. Ella se dedica a coquetear mientras yo me siento frente a un vaso de agua mineral que bebo a sorbos a lo largo de la noche. Me gusta la manera en que ella se presenta, pronunciando con delicadeza aquel, "mi nombre es Samanta". Ella podría volver loco a cualquiera, lo sabré yo, que lo viví en carne propia, pero lo que hubo entre ella y yo es cosa del pasado y ya no importa más. Desde que no estamos juntos ella va por su lado y yo por el mío, manteniendo solo el contacto de viejos conocidos.

Lo que ella más anhela en el mundo es amor, lo busca todo el tiempo, pero ningún hombre satisface sus expectativas. La última vez que ella amó de verdad fue hace años, en una época en que su lugar favorito era la barra de bar de un conocido hotel de cinco estrellas. Ella aguardaba, sofisticada y con el maquillaje perfecto. Siempre pedía un vaso de agua mineral con hielo, el cual se bebía a pequeños sorbos a lo largo de la noche. Otras veces pedía un Bloody Mary. Yo a veces iba a ese lugar a mirarla, pero en ese entonces no nos hablábamos. Después de que la historia entre nosotros acabó en malos términos, ella no me quería cerca. A pesar de todo a mí me importaba su bienestar y por eso me volví su observador.

Fue en el bar de aquel hotel que ella lo conoció, se llamaba Román. No estaba mal, 1.85 de estatura aproximadamente, cabello y ojos marrones, con sus trajes caros y su voz de hombre importante. Él se acercó a Samanta, pero a diferencia de otros hombres, él solo quería tener alguien con quien hablar antes de subir a su BMW para ir al aeropuerto y tomar un vuelo a Chicago. Tenía ese algo que tienen los hombres de negocios que los hace irresistibles, y no estoy hablando de dinero, sino de su carisma; era elocuente, dominante, con movimientos felinos y los modales de un hombre de mundo. Era la quintaescencia del triunfador del siglo XXI. Fue algo en su personalidad, su traje costoso, igual que si luciera una armadura resplandeciente, o su conversación, lo que cautivó a Samanta.

Ella hizo uso de su encanto, él sonrió pero no como quien cae rendido, sino como quien quiere ser amable y nada más. Él era de los hombres que siempre están pendientes al celular porque no dejan de recibir llamadas. Él le habló de su viaje y de que tenía que cerrar un negocio. Al terminar su vaso, él se despidió cordial y se fue. Samanta quedó fascinada, se notaba en la forma en que sus labios se arquearon en una sonrisa. Para mí no era necesario preguntarle qué pensaba porque podía leer sus pensamientos en su rostro; estaba sorprendida de que alguien se resistiera a su embrujo, y estaba muy interesada.

Después de esa noche, Samanta aguardó a que aquel hombre regresara. Casi un mes después él apareció. Fue una noche de lluvia, Román entró con un paraguas escurriendo. Había tratado de salir, pero tras ver la intensidad de la tormenta, cambió de opinión y decidió esperar a que cesara. Los ojos de Samanta se abrieron grandes como los de una muñeca. Ella desde hacía noches no quería la compañía de nadie y se había portado hostil con cuantos trataron de aproximarse, ahora en cambio se mostró lista a usar su encanto. Cuando él pasó cerca, ella se giró con un cigarro en la mano y preguntó si alguien tenía fuego, como quien pretende que hace una pregunta al aire, pero sus ojos se clavaron en él. Román se apresuró a sacar su encendedor y le ofreció fuego, ella le dio las gracias y aprovechó la cercanía para hacer un comentario del temporal y lo caótica que se pone Guadalajara cuando llueve.

—Y que lo diga —respondió Román fastidiado—, yo tengo que tomar López Mateos, pero con esta lluvia mejor me espero; a la altura de Plaza del Sol la avenida se pone como alberca.

Ella sonrió con todo su encanto de vampiresa y liberó el humo de la primera bocanada.

—Lo mejor será que lo tome con calma. La lluvia por lo visto va a durar un rato, o tiene usted mucha prisa en partir.

—No, en realidad no.

Ella se mostró satisfecha, descruzó la pierna izquierda y cruzó la derecha con tanta gracia que hubiera hecho parecer una vaca a Sharon Stone en Bajos Instintos.

—Siendo así, quizá quiera sentarse aquí un momento a tomar una copa y conversar.

Él accedió. Se sentó a su lado, pidió un Martini seco al cantinero y a Samanta que le dijera su nombre y que no le hablara de usted. Ella estaba encantada, él un poco menos serio que la vez anterior pero seguía sin mostrar mucho interés. Ella usó todas sus armas de seducción; la voz, los ademanes de manos, el jugueteo con el cabello, la sonrisa, reírse de sus chistes malos y prestar mucha atención a todo lo que él dijera como si fuera lo más importante del mundo. La seducción es más que mero erotismo, es un arte muy fino en el que muchas veces vale más la actitud y el gesto correcto, de manera que una sola mirada tenga más poder que cualquier caricia. Samanta era una experta en ese arte, nadie se le resistía, excepto Román. Tan pronto dejó de llover, se despidió con una sonrisa meramente amistosa. Yo noté en Samanta cierta desesperación de descubrir que él se marchaba sin haberse rendido a sus pies. Después de que él se fuera, ella permaneció estática por un momento, luego tomó su bolso enojada, dejó un billete en la barra y se retiró.

Un par de semanas después él regresó. Ella estaba fumando. Con su refinado sentido del olfato, notó cuando él entró, pero a diferencia de la vez anterior, permaneció inmutable, observando el cigarrillo que sostenía en posición vertical entre el índice y el pulgar. Su lenguaje corporal decía a gritos, "estoy aburrida", pero no tenía intención de desperdiciar su magia con aquel hombre. Entonces sucedió algo que ella no se esperaba, él se le acercó por iniciativa propia. Ella al principio permaneció indiferente. Él ofreció invitarle un trago y ella aceptó. Esa noche la conversación fue larga y pareció volverse más íntima. Desde las sombras de mi rincón, puse atención. Román era divorciado, el problema con su ex esposa fue que él le había sido infiel con la gran pasión de su vida: el trabajo. Él confesó que era un adicto incurable al trabajo.

—De día nunca dejo la oficina, el tiempo disponible que tengo es en la noche.

—Sabes —dijo ella con sus ademanes de gata—, yo tampoco salgo de día, también estoy muy ocupada para ver la luz del sol.

«Pero qué zorra taimada», pensé.

Él le sonreía, ella estaba radiante, yo di un sorbo largo a mi bebida. Toda la escena me pareció nauseabunda.

A partir de esa noche, las veces en que se reunieron se volvieron frecuentes. Yo no le di importancia. «Ella lo conquista por pasatiempo», me dije, «porque él se hizo difícil con ella. Pronto se aburrirá de él y lo matará como a los demás». Sin embargo me equivoqué, aunque cómo me hubiera gustado tener razón. Samanta y Román comenzaron una relación en la que el poco tiempo libre de él era solo para ella. Samanta no era exigente en ese sentido, estaba enamorada y ella cuando quiere, sabe ser paciente y complacer. Sí, también sabe ser un dolor de cabeza y cuando se enoja es una fiera. Eso no cambia que es una gran mujer, de la clase por la que uno está dispuesto a recorrer el mundo para hincarse a sus pies.

Ella y Román dejaron de ir al bar del hotel donde se conocieron casi a la par que la administración del hotel acató la nueva normatividad de no permitir fumar a sus clientes, por aquello de los espacios libres de humo. A Román le gustaba fumar, a Samanta en realidad no le gustaba pero lo hacía porque según ella, le daba un aire misterioso. Quién sabe qué tanto hacían en sus citas, no era asunto mío. Sin embargo a veces me los encontraba en otras partes, como en centros comerciales o en el cine, y los miraba de lejos. No lo soportaba, detestaba la manera en que ponía su mano en el hombro de ella, cómo acercaba su cara para decirle algo al oído.

«Ella lo matará», me repetía a mí mismo, «es cuestión de tiempo».

Pero ese tiempo no llegaba y para mi gusto, ella había prolongado demasiado aquella relación de cinco meses. Así que me decidí a hacerle una pequeña visita a Samanta.

Eran alrededor de las 5:30 AM cuando ella entró en su departamento. Dejó las llaves en un tazón de cristal cortado, cerca de la puerta.

—Vaya hora de llegar —le hablé desde la oscuridad.

Ella volteó hacia el sillón en el que me encontraba sentado. No necesitaba encender la luz para admirar lo hermosa que estaba.

—¿Qué quieres? —dijo con un tono muy ácido.

—Nada, solo pasaba a saludar y ver cómo te encuentras.

—Noel, tú bien sabes cómo me encuentro, ¿o crees que no me doy cuenta que te la pasas siguiéndome?

—Siento si mi actitud te molesta, pero debo asegurarme que andes con cuidado.

—¿Y de quién necesitaría cuidarme? ¿De ti? Tú bien sabes que no te necesito.

—Te molesta tanto que alguien se preocupe por ti casi como si te doliera el cariño.

—Lo que pasa es que estás enfermo —sentenció—, no entiendes que lo nuestro se acabó, ¡hace tiempo ya!

Me reí entre dientes con ironía, me levanté del sillón y me aproximé ella.

—Te equivocas, querida. No te creas tan especial para pensar que sigo enamorado de ti.

Samanta me enfrentó con una mueca burlona y una mirada de desprecio.

—Cómo te gusta hacerte tonto. Siempre has sido muy malo para mentir.

Se dirigió hacia su habitación, desde allá me habló:

—Deberías marcharte, el sol saldrá dentro de poco y aquí no te puedes quedar.

La seguí hacia su alcoba, me detuve en el marco de la puerta. Ella corrió las gruesas cortinas para no permitir que entrara el sol, luego en la oscuridad encendió la lamparita de noche.

—Por lo que he observado, estás muy emocionada con tu nueva adquisición.

—Román es un buen hombre —sentenció al tiempo que se quitaba los zapatos.

Miré hacia atrás, sobre la mesa del comedor había un enorme jarrón de vidrio con agua y las más hermosas rosas blancas y violetas que un enamorado hombre de negocios pudiera comprar.

—No entiendo qué le ves.

—Eso no es asunto tuyo —canturreó sin voltear a verme, ocupada como estaba en cepillarse el cabello frente al espejo.

—¿Y ya sabe lo que en realidad eres?

El cepillo se detuvo en el acto, por primera vez en todo ese rato, Samanta se volvió hacia mí. Su silencio me lo dijo todo.

—Vaya, vaya, así que no le has dicho. Me pregunto si no ha encontrado peculiar tu estilo de vida. Dime, ¿no ha tratado de invitarte a desayunar, o a pasear en la mañana un fin de semana en Chapala? ¿Ha notado que no comes nada sólido?

Ella apretó los labios. Cerró el puño y pude escuchar cómo crujió el mango del cepillo.

—¡Lárgate!

—No entiendo qué esperas para beberte su sangre.

—¡Dije que te largues! —rugió, sus ojos brillaron llenos de sangre y me mostró los largos colmillos blancos.

Qué hermosa era incluso cuando se ponía furiosa. Suspiré.

—Como quieras, sin embargo tú bien sabes que no puedes mantener una relación con un humano.

—¡No te metas en lo que no te importa!

Ella se mostró lista a atacarme. No tenía ganas de pelear ni tenía nada más que hacer ahí, así que decidí esfumarme. Con la velocidad propia de los de mi especie me dirigí hacia la ventana por la que había entrado y me deslicé sin ser visto, lejos del edificio de departamentos.

No podía sacarme esa situación de la cabeza: Samanta enamorada de un humano. Recordé el estúpido jarrón de vidrio y las estúpidas rosas; imaginé la estúpida tarjeta con la que habrían llegado y las estúpidas palabras que le habría escrito el estúpido ese. Odié al sujeto, incluso pensé en matarlo, pero no soy del tipo que asesina por una pasión, yo solo mato para alimentarme y nada más. Además, Samanta me hubiera buscado para atacarme y una lucha con ella era algo que no quería.

Unas semanas después, una noche, los encontré en un conocido bar del centro histórico, famoso por tener una bicicleta muy vieja colgada en la pared. Era una noche fresca. En el bar un pianista amenizaba la noche. Ella se reía, tenía un vestido negro muy corto que dejaba al descubierto sus piernas y su espalda. Él la tomaba de la mano y no dejaba de cuchichear igual que un adolescente. Ella tenía en frente un vaso con hielo, wiski y agua mineral, que era una de las pocas bebidas que toleraba. A los vampiros solo nos gusta el sabor de la sangre, todo lo demás nos sabe amargo, aparte que únicamente la sangre nos nutre. Aprendemos a tolerar bebidas humanas por necesidad social, a fin de guardar las apariencias. La comida sólida es algo imposible.

El pianista del bar tocaba *Piano Man*, los presentes trataban de seguir la melodía con sus desafinadas voces, pero sin saberse la letra de aquella canción de Billy Joel. Samanta y su enamorado no notaron cuando yo me les acerqué y saludé con una sonrisa.

—¡Hola, Samanta! Tanto tiempo sin verte.

Ella apenas y pudo disimular un gesto de desagrado al verme.

—Qué gusto encontrarte. —Me volví hacia Román—Perdón, señor, buenas noches. Samanta, ¿no me presentas?

Ella murmuró a regañadientes:

—Román, él es Noel.

—Mucho gusto —dijo él con recelo—. ¿De dónde se conocen?

—Noel es...

—Soy su primo —me apresuré a mentir.

Él no pareció creerlo por la palidez de mi rostro, mis ojos verdes y un cierto acento extranjero que tengo al hablar a pesar de los muchos años que tengo viviendo en Guadalajara.

—Soy un primo lejano —expliqué.

—¿Viene solo? Si usted quiere, podría acompañarnos.

Al escuchar el ofrecimiento de Román, Samanta hizo un gesto que dejó claro que quería matarme. Yo sonreí.

—Será un placer.

Así que me senté y me quedé con ellos. Samanta estaba rabiosa, yo hice oídos sordos a sus comentarios sarcásticos y me dediqué a hablar de cosas de hombres con Román, de esas que detestan las mujeres, como autos y futbol. En algún momento él se levantó al baño. En cuanto estuvimos solos, ella me habló:

—¿Qué diablos estás haciendo?

—Solo pasaba a saludar... prima.

—¡Idiota! Mejor vete y no me molestes.

—Pero si no te estoy molestando, querida. Lo único que hago es velar por tu bienestar.

—¡Lo que yo haga no es asunto tuyo!

Román regresó y seguimos charlando como si nada. Admito que esa noche me divertí, no puedo decir lo mismo de Samanta. El tipo me cayó bien. Él hasta ese momento no me había visto porque como comenté antes, yo siempre observaba de lejos en un rincón apartado y oscuro, no hablaba con nadie y me esmeraba en pasar desapercibido, escondido detrás de un libro. Román era agradable. Me dio lástima ver que estaba perdidamente enamorado de ella. Seguía trabajando mucho, viajaba constantemente y no se separaba del celular. Sin embargo el tiempo que compartía con Samanta era de pura dicha. Él estaba encantado de tener a una mujer ingeniosa que siempre lo cubría a besos. Además, Samanta había llegado a su vida en un momento adecuado. A sus cuarenta y cinco años, y tras un infarto, Román comenzaba a sentirse cansado del trabajo y estaba reorganizando las prioridades de su vida.

Yo lo envidiaba y lo compadecía. Yo sabía lo que era ser amado por Samanta y estar perdido por ella. Fue por la simpatía que me causó que dejé de seguirla a ella y por un tiempo lo seguí a él. Una noche, en que se encontraba solo en un restaurant, me acerqué a su mesa para saludarlo. Él se portó tan cordial como siempre. Me ofreció que pidiera algo, yo me negué alegando que ya había comido. La verdad es que esa noche tenía mucha hambre, tanta que apenas y podía resistir las ganas de beber la sangre de la primera persona que estuviera a mi alcance. Me conformé con pedir una naranjada.

Tras una breve charla, empezamos a hablar de Samanta. El pobre tipo apenas y podía disimular cuando la amaba. Di un pequeño sorbo a mi naranjada, me ayudaba a distraer a mi estómago, esperaba que lo suficiente antes de que el hambre me pusiera agresivo.

—Román —inicié con cautela—, me caes bien, es por eso que te voy a dar un consejo: aléjate de Samanta, no es buena para ti.

Él se mostró pasmado y frunció el ceño.

—¿A qué te refieres?

—Digamos que no es buena por naturaleza.

—¿Pero por qué? —preguntó de una forma que demandaba una razón.

Medité por un instante cómo le explicaría. Proseguí.

—¿Alguna vez viste la película *The Crying Game*?

—Sí, por supuesto, ¿por qué la mencionas? ¿Samanta antes era hombre o qué?

—Si fuera el caso, ¿te molestaría y dejarías de amarla?

—No —respondió con aplomo.

Sonreí casi con amargura y proseguí.

—No es nada de eso. Mencioné la película porque hay una parte en que hablan de una fábula sobre un escorpión y una rana, ¿lo recuerdas?

—No.

—Un escorpión le pide ayuda a una rana para cruzar el río, la rana se niega por temor a ser picada pero el escorpión le promete que no lo hará, pues sabe que si la pica ambos se ahogarán. Así que la rana accede y cuando están cruzando el río, el escorpión pica a la rana. Entonces la rana le pregunta por qué hizo eso a lo que el escorpión le responde, "no pude evitarlo, es mi naturaleza". A lo que voy con esto es que, Samanta es buena compañía porque quiere serlo, pero no está en su naturaleza ser la pareja que tú necesitas y al final te llevará por un camino de destrucción.

—No entiendo a qué te refieres. Si vas a levantar acusaciones contra ella, será mejor que digas algo más concreto.

—Lo siento pero no puedo decirte nada más. Quizá sea mejor que me vaya.

Román clavó su mirada molesta en mí, supe que ya no tenía nada más que hacer, así que me levante.

—Román, hazme caso, Samanta no te conviene, no está en su naturaleza. Siento no poder decirte más.

Él ni siquiera se dignó a contestar, su mirada glacial me lo dijo todo. Sin decir nada más me marché.

Unas noches después me topé con ellos. Por lo visto él le habló de nuestra charla, porque ella estaba más hostil que de costumbre y él me saludó con frialdad. No me quedó más remedio que volver a mi escondite, en la esquina más alejada.

En los meses que siguieron la relación de Samanta y Román se volvió más estrecha; parecían dos adolescentes. Verlos me molestaba, tanto que dejé de seguirlos con la frecuencia de antes. Ahora más bien, procuraba evitarlos, solo de vez en cuando me topaba con ellos. No es que quisiera saber cómo estaba, era simplemente que a ella y a mí nos gustaba ir a los mismos lugares.

Ella parecía feliz, mucho, siempre sonriente, con el entusiasmo de una colegiala por su primer amor. Él, a su lado, se olvidaba de todo, incluso dejó de atender el celular, se limitaba a mirar la pantalla y responder, "lo que sea puede esperar". Muy pocas veces atendía y procuraba ser breve a pesar de que ella ni se quejaba ni ponía mala cara. Ella era paciente con él, porque su amor le decía que así tenía que ser. Los dos funcionaban bien juntos.

Él, como dije antes, era la quintaescencia del caballero del siglo XXI, jamás escatimaba en regalos, ni en galanterías, ni atenciones, de esas que hacen a las mujeres sentirse muy especiales. Pero lo que más la alegraba, era ver cómo con el paso del tiempo, él era un poco menos adicto al trabajo y más dependiente de ella. Para Román sus años de juventud fue el tiempo para hacer dinero, ahora pensaba diferente y lo que más quería era desacelerar el ritmo de trabajo y una compañera, ella, a quien decía amar como jamás había amado en su vida. Me daban ganas de matarlo, pero como dije antes, no soy del tipo de ex amante celoso que actúa de esa forma.

No sé muchos detalles de su relación porque no estuve ahí para saberlos, yo solo supe lo que veía de lejos. La química que mostraban en público hablaba fuerte y claro del vínculo estrecho que existía entre esos dos seres tan dispares. Su conexión se dio de manera natural, era una de esas relaciones en que sin saber por qué, ambos se sienten totalmente cómodos y relajados, a la par que la pasión parece no tener final. De esta forma transcurrió un año, fue entonces cuando ella por fin se decidió a contarle la verdad.

No sé cómo ni exactamente cuándo ocurrió. Yo llegué a la conclusión de lo acontecido cuando la encontré caminando sola una noche, con una expresión desolada. Las siguientes noches la seguí y la vi siempre sola. Lo busqué a él para ver qué hacía, frente a otros no mostraba nada, pero cuando no había nadie a su alrededor, su rostro se ensombrecía y en sus ojos se dibujaba el terror. No solo estaba dolido, también tenía miedo. Esto fue suficiente para confirmar mis sospechas: él sabía que ella era una vampira.

Me imaginaba la escena, ella explicándole que no estaba disponible en el día no porque estuviera ocupada como él, sino porque no puede exponerse al sol sin arriesgarse a convertirse en cenizas; por qué su hermosa piel siempre estaba fría; por qué nunca comía nada sólido y la verdad de su sangrienta dieta. Pobre Samanta, me daba lástima. Más de alguna vez quise acercarme a ella y darle una palabra de consuelo, pero yo bien sabía que ella me rechazaría en un segundo, así que de antemano pensaba:

«Si no me necesitas, pues allá tú, ¡jódete!».

Entonces, una noche algo cambió, entré a aquel bar de siempre en el hotel y ahí estaba la morena de fuego, resplandeciente desde las pestañas hasta la punta de los pies. Tenía las piernas cruzadas. La pierna que estaba encima se balanceaba de arriba abajo. La razón de este cambio era muy simple, Román estaba de nuevo con ella, tomándole la mano. Ambos cuchicheaban y quién sabe qué tantos arrumacos se daban. Él se acercaba a su oreja para decirle tantas cosas y olfateaba su cabellera. Ambos tenían el entusiasmo de una pareja de recién casados que hace planes a futuro. Tan ensimismados estaban en ellos mismos que no parecieron notar mi presencia cuando me acerqué.

—¿Cómo has estado? —Le pregunté a Samanta.

Ella esbozó una sonrisa retadora.

—Él lo sabe.

Miré a Román, él ya no parecía molesto conmigo, por lo visto ahora entendía muy bien el porqué de mi advertencia. Ella lo rodeaba con los brazos, él estaba eufórico, sostenía su copa con el orgullo de un hombre de mundo que tiene todo lo que necesita para ser feliz: un martini y el amor de la mujer que adora. Al cabo de un momento me despedí y me retiré de ahí, tenía ganas de vomitar.

Esa noche decidí hacerle una visita a Samanta. Igual que la vez anterior me metí a su departamento y esperé. Ella llegó muy cerca de la hora en que el alba iniciaría su ascenso por el cielo.

—Noel —gruñó Samanta—, en verdad necesitas un mejor pasatiempo que estar merodeando en mis asuntos. Deberías buscarte una vida.

—Yo tengo una vida, querida.

—Entonces, ¡vívela! O ¿cuál es la razón para que siempre me estés siguiendo? Sabes bien que no te quiero más.

—Yo tampoco te quiero nada —le dije con la acidez que hubiera utilizado para insultarla—. Te sigo porque me divierte lo que haces. Tu necedad por aquel humano no va a terminar bien y lo sabes.

—Mi necedad, cómo tú la llamas, es amor. Yo lo amo y él a mí, más de lo que tú pudiste haberme amado, porque tú no entiendes de amor.

—Sabes bien que eso es mentira. Yo te amé más que a nada en el mundo y al final fuiste tú la que quiso que lo nuestro terminara.

—Porque eras frío, egoísta, aburrido y porque me fuiste infiel, por cierto, con una humana.

—Tú bien sabías que aquello era un juego, además, al final me bebí su sangre.

—Y tú bien sabías que para mí el amor no es un juego. Ahora, por favor, hazme el favor de largarte.

—¿Cuáles son tus planes para con Román? —pregunté haciendo caso omiso a su petición de que me fuera— Me queda claro que no quieres alejarte de él ni beberte su sangre, así que todo me lleva a pensar que vas a transformarlo en vampiro.

—Así es, lo haré en nuestro próximo aniversario.

Me reí entre dientes.

—Tú no puedes hacer eso.

—¿Qué te hace pensar que no puedo? —Gruñó— Nunca te cansas de subestimarme.

—Te conozco, Samanta. Jamás has hecho a un vampiro.

—Recuerdo cuando me hicieron, solo tengo que repetir el proceso.

—Eres muy apasionada y lo deseas demasiado. Eso no es bueno.

Ella se acercó retadoramente a mí.

—Hemos hecho el amor muchas veces y jamás lo he lastimado, ni siquiera al besar su cuello.

Levantó una ceja en actitud altanera. Cómo odié su mueca presumida, tan cínica, tan estúpida, tan burlona y tan seductora.

—El nivel de control que necesitas sobre tus instintos asesinos es diferente. Una cosa es hacer el amor y otra tener la sangre caliente de un hombre muy deseado en tu boca. Para transformarlo en vampiro tienes que beber su sangre hasta casi matarlo, en un punto en el que apenas tenga pulso. Tienes que dominarte para ser capaz de detenerte a tiempo.

—Gracias por el consejo —respondió con cinismo—. Ahora lárgate.

—Dime una cosa, Samanta, ¿por qué quieres hacer esto? Es muy poco el tiempo que tienen de conocerse y tú ya hablas de él como si fuera el amor de tu vida.

—El tiempo no tiene nada que ver con la conexión que tengo con Román. Tú no entiendes nada; en el amor no hay reglas, es algo que sucede y nada más. Para mí el tiempo que tengo de conocerlo me basta para saber que él es todo lo que siempre he deseado.

—Ese tipo no es mejor que yo.

—¡Por favor, Noel! No hay ni siquiera punto de comparación. Tú ni siquiera eras un buen amante; eras tan insípido que besarte era como besar a un cadáver.

Quise abofetearla. La apreté del brazo, ella me enfrentó con la mirada. Samanta no temía a nadie, mucho menos a mí, después de todo ambos éramos vampiros en igualdad de fuerzas. El fuego de sus ojos me hizo retroceder, le solté el brazo.

—Está bien, me voy. Haz lo que quieras.

Me alejé de ahí lo más pronto posible. Esta vez por la puerta principal. Me moví de prisa, tanto que hubiera sido imperceptible al simple ojo humano. Tenía que ponerme a salvo antes de que saliera el sol y me aniquilara el ardiente amanecer.

Bien dicen que no hay plazo que no se cumpla, así que llegó la gran noche. En la mañana Román fue por última vez a la oficina, ya había presentado su renuncia un par de semanas atrás. Trataron de ofrecerle más dinero para que se quedara, pero no hubo oferta que superara una eternidad al lado de Samanta. En la noche se reunió con ella, tuvieron una cita romántica en un restaurante donde él comió su última cena. Pidieron martinis, la bebida favorita de él, para brindar por una emocionante vida juntos. Nunca antes la vi tan feliz. Después de eso, fueron a caminar a un bonito parque. Me imagino que aquel lugar tenía algún significado especial para ellos.

Se sentaron en una banca y se besaron por un largo rato, luego ella le preguntó si estaba listo y él asintió. Ella abrió la boca, perfilo los colmillos y le dio el beso de la muerte, justo en la yugular. Él se quedó inmóvil, confiado de ella, aunque de cualquier forma, si hubiera tratado de luchar, jamás hubiera sido capaz de liberarse de los brazos asesinos de la vampiresa. Ella bebió su sangre con los ojos cerrados, concentrada en aquel líquido vital que nos sume a los vampiros en un embelesamiento, que embota nuestros sentidos. En el caso de Samanta, la hipnosis de la sangre parecía ser muy poderosa, ella lo deseaba hasta la eternidad. Ella bebió en un trance voluptuoso y febril, quería poseer todo de aquel hombre que, así como antes se entregaba en cuerpo y alma a sus negocios, ahora se entregaba a ella sin titubeos.

Samanta se detuvo, las manos le temblaban, pude notar lo mucho que le había costado separarse de él. Se relamió los labios, balanceó la cabeza hacia atrás aún en éxtasis. Con un movimiento delicado y felino, se llevó la muñeca derecha a la boca y se abrió las venas de un mordisco, luego puso su muñeca sangrante en la boca de Román.

—Bebe, mi amor.

Él no se movió, tenía los ojos ligeramente abiertos y la piel muy pálida. Ella sonreía esperando la reacción que pronto debía suceder, aguardaba a que él tuviera instinto de tomar aquella sangre para luego caer en un estado convulsivo del que se levantaría después convertido en un inmortal. Pero los segundos se escurrían, al igual que la sangre de Samanta en la boca de aquel ser adorado que no reaccionaba. La sonrisa de la vampiresa se borró. Ella lo tomó por el cuello y lo sacudió.

—Vamos, reacciona, debes luchar... ¡Reacciona, Román, vamos, reacciona! —profirió al tiempo en que su rostro se descomponía en una mueca de dolor.

La herida en su muñeca ya se estaba cerrando. Ella sujetó la cabeza de él, llamó su nombre varias veces y buscó signos vitales. No recibió respuesta alguna.

«Ay Samanta, esto fue tan tan predecible», pensé con ironía.

Ya me imaginaba que esto iba a terminar así, Samanta deseaba a Román demasiado. Para los vampiros, apenas la sangre humana toca nuestras lenguas, la necesidad de beber se vuelva intensa. El instinto y el deseo hicieron que ella no se pudiera detener a tiempo.

Samanta se aferró llorando a su cuerpo. Era casi un crimen que algo hiciera llorar así a una criatura tan hermosa como ella. La escena era tan desgarradora que por un momento quise acercarme, quizá para consolarla, quizá para echarle en cara cómo su naturaleza impetuosa la había traicionado, igual que la naturaleza del escorpión en aquella historia. Me hubiera gustado burlarme de ella, decirle "te lo dije, mejor me hubieras pedido ayuda". No lo hice, opté por dejarla en paz. Eché a andar en silencio. Me detuve, miré hacia atrás, la contemplé abrazada al hombre que amaba, cubriéndolo de besos mientras se lamentaba por lo que había hecho.

No supe nada de ella por algún tiempo. Sabía que estaba desolada, pero me dije que no tardaría en olvidar a Román. Un par de semanas más tarde la encontré de nuevo, estaba tan atractiva como siempre, sin embargo había algo diferente. Ya no tenía el gesto de quien está en completo control de la situación, sino el semblante melancólico de una viuda. Con el paso de los meses ella recuperó su seguridad, pero nunca más la alegría.

Pasado algún tiempo la encontré en el bar de otro hotel de lujo. Me acerqué a ella con cautela para darle el pésame y hablar. Ella no quiso comentar el tema conmigo. Yo respeté eso, me guardé el sarcasmo y los reproches y mostré empatía por su duelo. Ella me lo agradeció, seguía destrozada. Le ofrecí un poco de compañía y ella accedió. Hablamos, ella quería distraerse, yo hice mi mejor esfuerzo. Aproveché aquel momento en que ambos habíamos bajado nuestros escudos para decirle que lo mejor que podíamos hacer era llevarnos bien, que tratáramos de ser amigos, porque el tener a otro inmortal con quien hablar era mejor que ser un total solitario. Ella estuvo de acuerdo. Así pasaron los años.

Una noche, estábamos conversando en un piano bar cuando me quedé pensando sobre el estado de nuestra relación, nos hacíamos compañía y eramos como una pareja de cierta forma. Ella se encontraba en silencio, contemplando la pulsera en su muñeca. Tras un instante de reflexión me atreví a decirle:

—Sabes, Samanta, tú y yo somos iguales, tenemos una relación cordial, hemos estado cerca uno del otro por años. ¿Por qué no nos damos otra oportunidad?

Ella me dedicó una larga mirada.

—No hablas en serio.

—Míranos, tenemos una historia en común, somos de la misma naturaleza, somos amigos. ¿Para qué buscar más? Además tú sabes que siempre te he querido. Piénsalo, de una u otra forma yo he sido una constante en tu vida. Tú alguna vez me juzgaste de frío, pero no es así, yo siempre he mostrado interés en ti. Quizá lo mejor que puedes hacer es aceptar que a mi lado, si quisieras, tendrías al amor y al hombre de tu vida.

Ella se rio entre dientes con un gesto lleno de amargura.

—Acepto tu amistad porque así al menos hay alguien con quien conversar, pero no te amo desde hace mucho tiempo. Además, mi corazón aún está herido, Noel. —Hizo una pausa mientras su vista se perdía en el reflejo del vaso con agua mineral casi vacío, luego prosiguió— Tú no sabes cuánto lo amé ni entiendes lo intenso de ese amor. Tú solo nos veías de lejos. Con Román pasé los días más felices de mi vida y toda esa felicidad se extinguió por mi propia mano. Tengo que vivir cada noche con esos recuerdos y con la culpa de haber matado al amor de mi vida.

Ella suspiró, se levantó y se dispuso a depositar un billete en la barra. La detuve.

—Yo invito.

Me dio las gracias, se colgó el bolso y tomó su saco.

—Samanta —le dije—, te aseguro que nadie te amaría como yo.

—Noel, agradezco tu oferta, pero una vez que pasa la oportunidad de un amor, el corazón no puede volver atrás para vivir lo que en su momento no se dio. Además, después de él, ¿crees que me conformaría contigo sin sentirme miserable?

Dicho esto se despidió de mí con un beso en la mejilla. Me quedé ahí en el bar, pensativo, con una copa casi vacía entre mis manos.

Desde ese entonces, ella sale cada noche, se sienta con delicadeza, seduce, conquista, sonríe, luego, por un instante se queda mirando su reflejo en los espejos y sus ojos se tornan oscuros. Aún le duele el recuerdo. Ella ha buscado el amor un par de veces más, pero jamás ha vuelto a tener siquiera una relación que se compare en lo más mínimo con el amor que tuvo con Román. No entiendo por qué no ha podido superar a ese hombre, tal vez como ella dijo, el amor por él era algo especial y después de él, ella ya no puede conformarse ni conmigo ni con nadie.

¿Será acaso que de verdad existe tal cursilería como un amor único? Quién sabe, yo solo sé que de todos los monstruos que rondamos este mundo, el amor es uno particularmente cruel, pues una vez que uno se encuentra con uno de esos amores de ensueño que se viven con intensidad, si se pierde a ese amor, también se pierde la razón, a veces en parte y otras en su totalidad. Si al menos ella me amara a mí de esa forma. Es una lástima que nos tratemos como viejos conocidos. Supongo que no nos queda más que mantener esta rutina un par de décadas más, quién sabe, tal vez cambie de opinión alguna noche de estas. Mientras tanto, ella seguirá buscando que llegue otro de esos grandes amores y yo la seguiré observando, a la espera de yo no sé qué.

Cuatro elementos de una obsesión

I.- La tierra que no quiso por hogar

Ahí estaba sentada a la orilla del malecón, con aquella cabellera rubia larga que se agitaba con la ligereza del viento, los ojos tan azules como el mar y su encanto salado y magnético. Desde que la vi me di cuenta que ella no era de aquí, tampoco era de esas turistas gringas que tanto abundan en Manzanillo, ella era una forastera en tierra firme. En ese momento aún no sabía que ella era una sirena, pero lo presentía. No sé por qué me sentí atraído por ella, quizá fueron los sigilosos hilos del destino los que nos hicieron danzar como títeres para obligarnos a coincidir en esta vida. Ella me sonrió, yo saludé e inicié conversación. Ella se reía de todo, yo me mantenía serio. Ella dijo que mi formalidad le resultaba enigmática, para mí su alegría era cautivadora. Ella se colgó de mi brazo, dijo que me seguiría a todas partes, yo caminé con el garbo de un pavorreal, pues aquella mujer de misteriosa belleza, tan distinta a cualquier otra que hubiera conocido antes, marchaba a mi lado.

La llevé a mi casa, le mostré mis plantas, pero a ella solo le gustaron las que tenían flores. Le pregunté sobre la música que le gustaba, ella se puso a cantar, ¡y me volvió loco!, porque eso es lo que las sirenas saben hacer mejor, que los hombres pierdan la razón con el sonido de su voz. Yo era un tipo sedentario que no aspiraba a mucho. Me gustaba estar en casa, amaba las plantas y la paz. Era maestro de matemáticas en una secundaria pública. Yo era un hombre apegado a todo aquello que representara estabilidad y la rutina. Ella en cambio era una sirena que amaba la libertad y todo aquello que oliera a novedad, al punto en que las cosas más simples de mi casa, cosas que jamás había visto bajo el mar, le gustaban.

Me perdí en sus brazos, disfrutaba la forma en que se aferraba a mí con desesperación; era tierna, pero agresiva al mismo tiempo, le gustaba besar como si no hubiera mañana. Parecía feliz, decía que le resultaba muy dulce la manera paciente en que la dejaba torturarme con pellizcos, besos y cosquillas, igual que una niña pequeña jugando con un gran oso de peluche. "A tu lado tengo tanta paz", me aseguraba y con ello me hacía sentir especial a pesar de que siempre he sido un tipo bastante ordinario. Yo siempre había esperado encontrar una mujer con quien compartir toda mi vida, ahora que la tenía a ella, mi alma se mantenía como estanque en calma, con la sensación de que había terminado una larga búsqueda y que ahora era un ser completo. Fue por ella que empecé a hacerme la raya del pelo del otro lado, silbaba cuando andaba solo por la calle y no dejaba de pensar más que en cómo sorprenderla, ya fuera obsequiándole una flor, una caja de chocolates, llevándola a la feria o qué canción cantarle. Incluso le enseñé un poco de matemáticas y construí con cartulina varios polígonos que pintamos juntos.

Ella embelleció mis días. Hablaba hasta por los codos, cantaba dentro y fuera de la regadera, cambiaba de lugar los adornos de la casa todo el tiempo y hacía preguntas respecto a cuanto la rodeaba. Yo la dejaba ser todo lo loca que quisiera, la escuchaba, la aguantaba, me divertía y amaba con todo mi corazón a aquella criatura de carácter espontaneo, a la que le gustaba abrir los brazos y cerrar los ojos cuando el viento soplaba.

A veces me pedía que la acompañara por las noches a la playa; yo me quedaba en la orilla, ella se adentraba, sus piernas se transformaban en cola de pez y disfrutaba su ambiente natural igual que una bailarina se sentiría encantada en el escenario. Ella impregnó toda la casa con su olor a sal, compartimos muchas caricias, le hablé de mis sueños y se los presté para que los soñara. Le compartí mi anhelo de una vida juntos hasta que la muerte nos separe; la boda, un préstamo para una casa más grande, unos niños, un perro, los nietos, la muerte y una tumba donde nuestros cuerpos descansaran juntos. Construí castillos en el aire. Ella me dio su amor y la esperanza de que viviríamos aquel sueño.

Éramos felices. Luego un día, igual que el viento cambia de dirección, su corazón tomó otro rumbo. Apareció aquel sujeto, dueño de un hotel en las Hadas y otro en Guadalajara. La deslumbró con su auto, su seguridad de hombre de mundo y la libertad que compra el dinero. Él la quería, ella dudó, las lenguas supuestamente de amigas le dijeron que no fuera tonta, que debía aspirar a más que a un simple maestro de escuela; él persiguió a su presa, ella no se resistió.

Quise hacerle compañía para ir al mar, ella ya no quiso, dijo que prefería hacerlo sola. No tardé en darme cuenta que no era al mar al que iba, sino a él, pero para cuando quise confrontarla, ya era tarde. Un día, mientras yo estaba dando clases, ella empacó todas sus cosas y se fue sin decir adiós. No podía creerlo, pensé que yo era suficiente para ella, pero no fue así. Yo era alguien pasivo que no aspiraba a grandes cosas en la vida, solo quería un hogar. Ella en cambio, era un huracán, es por eso que le pareció mucho más interesante un hombre cosmopolita, que viajaba todo el tiempo, un caballero moderno con camisa Lacoste en vez de armadura, acostumbrado a hacer lo que le viniera en gana.

Traté de hablar con ella, de hacerla volver, pero no quiso, me despreció. Yo estaba devastado, no podía entender que me hubiera cambiado por un tipo arrogante y prepotente, acostumbrado a hacer todo a su gusto como niño malcriado. Ni siquiera la quería como yo, para él ella era como un trofeo. Así que la busqué, insistí, la esperé afuera de cada lugar en donde sabía que iba a estar hasta que accedió a hablar conmigo. Traté de hacerla entrar en razón.

—Pero si tú me amas, ¿qué hay de las cosas que íbamos a hacer juntos?

Ella no cedió.

—Lo siento mucho, pero yo aspiro a más en esta vida. Te amo pero tú no puedes darme lo que quiero.

—Entonces, si me amas, vuelve conmigo, tengo mucho para darte, ¿qué el amor no te basta?

Ella sentenció:

—Ya encontrarás a alguien. Lo mejor será que me olvides. Te deseo que algún día puedas ser feliz.

Pero yo no podía ser feliz. Ella me hechizó, me hizo caer en su embrujo y ahora me pedía que la olvidara. Le respondí llorando:

—Jamás nadie te amará de la forma en que yo te amo.

Ella se rio.

—Qué tonterías dices.

Perdí la razón, los sueños que le presté para que los soñara conmigo, los dejó por el suelo hechos pedazos. La calma que le gustaba de mí también me la quitó. Su amor se convirtió en mi pesadilla. Odié a mis plantas, arranqué de raíz a todas las flores, odié incluso a los árboles, que me recordaban aquellas tardes en que yo barría las hojas secas, mientras ella bailaba. Dejé de ser el mismo, mi cordura fue velada por el resentimiento.

Una mañana ya no salí de la casa en todo el día, me estuvieron llamando de la escuela pero yo no contesté, no me interesaba más. La noche me sorprendió sentado en una de las sillas del comedor, el tic tac del reloj era mi única compañía. Con la luz del ocaso miré a mi alrededor, ahí, en un rincón estaba su sombra, allá en una ventana también se encontraba. Miré el piso y las paredes, toda la casa estaba manchada con su sombra. Mi cuerpo fue invadido por un temblor violento como un terremoto, con mi corazón roto como epicentro, extendiéndose por mis venas. Alguna vez pensé en hacerme daño, ahora deseé hacérselo a ella.

Me levanté de golpe, aventé la mesa y las sillas, arranqué las cortinas, rompí ventanas y derribé puertas. Quería que entrara aire nuevo, un aire que se llevara su olor a sal. Me crucé con las figuras geométricas que pintamos, las aplasté, sus colores y los brillitos plateados que les pegamos porque me ofendían con su sola presencia. Rompí cuantas cosas se cruzaron en mi camino, hasta que ya no hubo nada más que romper. No quedé satisfecho. Salí corriendo de mi casa, corrí por el puerto, seguí adelante, más allá de la costa, hasta las montañas.

Ella me contagió con su fuerza, ahora que no está a mi lado ¿qué se supone que haga? Debo correr, correr, seguir corriendo sin descanso, hasta las montañas, lejos del mar. La aborrezco, quisiera lastimarla tanto como ella a mí. Yo sé que me quiere y que algún día se va a arrepentir. Me gustaría que, ese día, cuando sea miserable, enfrentarla, humillarla como ella me humilló a mí. Adelante veo una montaña sin pico, creo que es un agujero, no... es un cráter, sí, es el volcán de Fuego de Colima, me digo que debo llegar ahí para arrojarme para ver si dentro de la lava puedo sepultar mi odio y mi dolor.

II.- Esencia de agua

Hoy pensé en él, creo que no lo había hecho en años. Paseaba por la calle cuando noté a un hombre leyendo el periódico en una cafetería. La manera firme en que pasaba las hojas me recordó cuando él trataba de leer el periódico en la mañana y yo se lo quitaba, corría por la casa como una chiquilla y él sonreía, como un padre bueno que tiene infinita paciencia. No era como Iván, tan dominante, tan egoísta. Hoy en la mañana también me miré en el espejo y no pude reconocerme; mi naturaleza libre de agua ya no existe en mí. No sé qué hacer; antes, cuando algo me molestaba, iba al mar y me adentraba en sus aguas por horas, pero ya ni ese consuelo tengo. Hace años que Iván insistió en que nos mudáramos a Guadalajara. Las pocas veces que vamos a Manzanillo él no me deja que vaya al mar de noche. Él y nuestro hijo absorben todo mi tiempo.

Supongo que llega un momento en la vida de una sirena que ha dejado el mar para hacer vida sobre tierra firme, en que sabe que ya no puede soportar más tiempo vivir aquí. Llega un momento en que las añoranzas de memorias líquidas se hacen tan fuertes como la marea, al punto que una solo sueña con el mar. Recuerdo un tiempo en que era más espontanea, eso fue antes que Iván me derrotara. Fue por amor a él que lo dejé hacer de mí lo que quisiera; que si vístete así, que si no hagas ruido, que si no me avergüences, que si no llames la atención de las personas. Y yo para estar a su altura, hice todo por convertirme en lo que el quería. Me hizo que me cortara el pelo, que me volviera más recatada y más seria. Cuántas veces no escuché aquello de, "me estás avergonzando". Y yo estaba tan deslumbrada por él que obedecí.

¿De qué me sirvió? Si él parece estar harto de mí y yo no soy feliz. Sí, llega un momento en que una tiene que admitir desilusionada que la realidad no se parece al montón de proyecciones que tenías de la vida, pues no hay príncipes, ni grandes logros, ni nada de lo que a una se le dice que tiene que aspirar para considerar su vida plena. Ahora veo que ni siquiera lo amaba en realidad. Yo aprendí desde niña que tenía que buscar un príncipe y todas aquellas cosas que debía tener un triunfador. Ya de grande, en tierra firme, me dejé llevar por lo que otros decían de tener a un marido poderoso y no un maestro de escuela. Pero todo eso es banalidad, no hay que buscar a un hombre perfecto, sino a un hombre bueno. No sirve de nada tener un guardarropa impecable si bajo la piel se es cruel; no sirve de nada tener una maestría si no aprendes de la verdadera sabiduría de la vida; no sirve de nada haber viajado por todo el mundo, si no se ha aprendido a respetar a quienes son diferentes; no sirve de nada ser dueño de una empresa si no se sabe mandar sin ser déspota.

¡Qué tonta fui! Y pensar que conocí el amor y lo dejé ir. Hubo un hombre en mi vida, aquel por el que dejé el mar, aquel que me llevó a su casa y desde el principio me quiso tal y yo como era, aquel que me habló de sus sueños de formar un hogar y me protegió con su cariño.

¡Estúpida, estúpida, mil veces estúpida! ¿Por qué lo desprecié? Pensé que Iván era mejor y me equivoqué.

Iván ya no me quiere, sé que ama a otra mujer. Duele tanto, de haber sabido que la traición sería así, jamás le hubiera hecho a él lo que Iván me hace a mí. De nuevo pienso en él, tenía razón, nadie me querrá como él lo hizo; quizá no era un hombre carismático de negocios, pero era bueno. Quisiera escapar, no me importa si es muerta, convertida en rocío una mañana cualquiera. Sí, deseo escurrirme, evaporarme, subir hasta el cielo, en el cielo formar parte de las nubes, un día sin fecha llover y en algún momento volver al mar, mi anhelada meta final de agua y sal, para ahí reintegrar mi alma a la célula, de la célula reencarnar como una nueva sirena, sin memorias de la vida pasada, sin rencores ni tristezas. Una sirena nueva, con un alma purificada por el ciclo del agua, lista para iniciar una segunda oportunidad en otro tiempo, en otro lugar, con otro rostro y otro nombre.

Pienso mucho en esa posibilidad. Morir de amor, parece el cliché en la vida de una sirena, ¿por qué el amor nos aniquila? ¿Por qué desprecié al que me amaba por otro que no valía la pena? ¿Por qué me siento tan culpable y tan sola? ¿Por qué debo soportar un día más? ¿Por qué los días sin sentido se convierten en meses sin sentido y los meses sin sentido se convierten en años sin sentido? ¿Por qué brilla la luna cuando yo me siento tan desencantada? ¿Por qué?

En nuestra última ida a Manzanillo mi marido se fue a atender sus negocios, yo dejé al niño al cuidado de Blanca, la niñera. Ella tiene veintiocho, es fuerte, tiene ánimos de seguirle el paso a un niño de diez. Yo he estado deprimida desde hace tiempo y no tengo ganas de nada.

Me fui sin importarme que mi marido estaría enojado a mi regreso. Fui a buscar a mi verdadero amor. Hice el recorrido hasta su casa casi sin pensarlo, como si mis pies supieran el camino hacia el que debió haber sido mi hogar. La casa está abandonada, el jardín lleno de maleza y de hojas secas que nadie ha barrido en años. Me asomé por la ventana, adentro solo hay polvo, telarañas, muebles volcados y objetos rotos. Los barrotes de metal de las ventanas están deteriorados, han sido víctimas de la corrosión por la humedad que hay en el ambiente. Él las hubiera pintado, jamás hubiera dejado que la casa se viera así. Le pregunté a los vecinos por él, nadie sabe nada, hace años que se fue y no regresó. Como pude me escabullí dentro de la casa. Aún existen ecos de la felicidad que viví ahí. Aquella ventana, recuerdo la mañana que me senté junto a ella y le pedí a él que me peinara, él me hizo dos trenzas y las ató con listones verdes, me gustaron tanto que le llené la cara de besos. En el baño, la tina está llena de mugre. Cuántas veces no la llené de agua para relajarme en mi forma de sirena. Él respetaba esos momentos y no me molestaba. Ahí está la cocina, donde ambos hicimos muchos experimentos culinarios. Raras veces tiramos la comida, él por lo general se comía todo, aun cuando no estuviera bueno. Este lugar era sencillo, pero era un hogar. Ahora es nada, solo una casa abandonada llena de recuerdos oxidados, desmoronándose, cayendo en la vacuidad.

Odio Guadalajara, aquí me siento atrapada y muy sola. Iván regresó tarde otra vez, dice que no lo fastidie, que tiene mucho trabajo; me recordó nuestros compromisos sociales, me dijo qué vestido debo usar y se acostó a dormir sin darme un beso. Cierto, estaba en la oficina, su camisa huele a sudor, a su sillón de cuero y al aire acondicionado del edificio, pero también huele a perfume de mujer y a mentiras. ¡Cómo me arrepiento de haber dejado al hombre que amaba y que tanto me amó! Supongo que no pude evitarlo, estoy hecha de agua de mar, soy voluble como la marea. No debí hacerle caso a la opinión de falsas amistades. Ya nada de eso importa, él no volverá. Si tan solo pudiera volver el tiempo atrás. ¡Soy un monstruo! Siento tanto lo que le hice, siento aún más lo que perdí.

He tomado una decisión, voy a dejarme hundir en la depresión. Cuando una sirena llega a ese punto, si se expone al sol se convierte en espuma, en vapor de agua. Ese sueño de muerte me parece dulce, no puedo dejar de pensar en rocío, vapor, nube, lluvia, gota, mar. Sí, eso haré, me dejaré llevar por la depresión, luego, cuando ya hasta respirar me duela, me levantaré de madrugada y me iré a sentar a la terraza, dejaré que el sol haga conmigo lo que quiera, no me moveré, solo repetiré una y otra vez que entrego mi vida, que no quiero ese cuerpo con piernas humanas que ya no son ligeras, sino que me duelen al caminar. Contemplaré la partida de la luna y de las últimas estrellas, aguardaré a la aurora, en ese momento yo sé lo que va a ocurrir, el fin de una sirena que se disipará con la bruma de la mañana, hasta no quedar nada, más que rocío que se integrará al agua, elemento vagabundo de este planeta. Lo siento por mi hijo, Iván, igual que su padre. Ellos dos estarán bien juntos, es idéntico a él. Yo espero que una vez que mi alma se vuelva agua, me sea dada una segunda oportunidad de vivir, de hacer las cosas diferentes, tal vez de reencontrar a mi verdadero amor en otra vida.

III.- Rebelde como el viento

La niña se parece a su abuela, tiene el cabello dorado como elote. Lástima que nunca la conoció. A veces temo que llegue a ser como la mamá de Ivancito. Ya sé que está grande, pero como yo lo he cuidado desde que era niño, no me acostumbro a decirle Iván. A mí me contrataron cuando la señora dejo de interesarse por todo. Siempre estaba deprimida, de mal humor. Se encerró en ella, en sus pensamientos y ya no le importó nada, ni siquiera su hijo. Una mañana desapareció, ¿a dónde fue? Quién sabe. El papá de Ivancito dice que su primera esposa estaba loca. Rara vez habla de ella, dice que el que se fuera fue lo mejor para todos.

Elenita es rebelde. Su abuelo le compra unos vestidos muy bonitos que a ella no le duran; más me tardo en vestirla y peinarla para dejarla como una muñeca, que lo que ella se tarda en rasparse las rodillas y llenarse la falda de manchas de pasto y lodo. A su abuelo eso no le gusta, el señor Iván se molesta y dice que una señorita debe ser educada, más una que es tan bonita como Elenita. Lo he escuchado decir lo mismo cientos de veces, "el papel de una dama es ser como una lámpara, siempre en pie, limpia y reluciente", pero Elenita si acaso sería una luciérnaga, que brilla, va y viene a placer. Ella es curiosa, le gusta probar todo, oler todo, preguntar todo.

A cuantos la conocemos nos gusta contarle historias, que ella escucha hipnotizada. También le gusta mucho ojear las viejas enciclopedias de Ivancito. La niña tiene su computadora, no tiene necesidad de ver esos libros viejos, pero a ella le gustan. Dice que los libros son muy bonitos, sobre todo las ilustraciones y más aún si son fotos de animales que viven en el mar.

Hace algunas noches se despertó, dijo que tuvo una pesadilla con una montaña de fuego. Debe estar sugestionada porque en la tele vio un programa de volcanes. Desde la primera vez que vio las escenas de la lava ha estado inquieta, corrió a buscarlo en Internet y lo que encontró le gustó tanto que se dio a la tarea de ver si alguna de esas viejas enciclopedias tenía alguna lámina y sí, encontró una. Ha estado tan interesada en los volcanes que por eso tiene esas pesadillas.

Últimamente le ha dado por jugar a que hay un volcán cerca de donde viven sus muñecas, ellas corren asustadas porque dicen que adentro hay un monstruo con cuernos de acero. A mí me parece algo muy creativo. A su papá no le gustan esas cosas, él dice que aunque sea pequeña debe aprender que hay cosas que no existen. Su abuelo opina igual. Ese par de amargados, serán muy importantes, pero son unos tontos. Sí, quiero mucho a mi Ivancito y respeto al señor Iván, pero lo son. Yo no veo nada de malo en los juegos de la niña. Si a ella le gusta imaginar, está bien, mejor dejarla que sea ella misma, que se divierta. Mientras sea buena en la escuela, se porte bien y se coma sus verduras, no tiene nada de malo.

.....

Elenita ya va a cumplir sus quince años, ¡qué problema con la fiesta! No quiere pero su papá y su mamá insisten en que debe tener vestido, chambelanes y bailar el vals. Ella es testaruda como pocos. Su papá quiere que sea dócil, pero ella es invencible. No es que sea mala, yo sé que es buena, es solo que es rebelde. Conmigo es muy dulce, me lo cuenta todo, ya me sé sus excusas, las ha desparramado por montones en mi regazo, cada vez que pone su cabeza en mis rodillas, tal como ha hecho desde pequeña.

Ayer se compró una caja de tinte y se puso el pelo naranja. A su mamá casi le da un infarto. Pues que se arma la gritería, que si por qué hiciste esto, que si estás loca, que cómo se supone que te vas a ver con el vestido de quinceañera y la cabeza de zanahoria. Ella dijo que en primer lugar ni quería fiesta, que así se iba a quedar y punto. Frente a ellos fue muy dura, una vez conmigo a solas, se echó a llorar con la cabeza en mis rodillas. "Ay, tita Blanca", me dijo, "¿por qué no me dejan en paz? No quiero fiesta, esas son babosadas de niñas con ganas de sentirse el ombligo del mundo. No hay necesidad de hacer todo el numerito". Yo le acaricié su pelito, todo naranja como de payaso, "Elenita, entiendo que no quieras fiesta, pero ¿por qué te pintaste el cabello así?". Ella sonrió, "Para ser diferente".

Elenita es buena chica, es lista, le gusta la música y la mitología griega. Es buena para dibujar, a veces hace ilustraciones de monstruos, ella dice que son de la mitología. Tiene una pintura que ella hizo de una chica cabalgando un toro, ella dice que son Zeus y Europa. A veces se queda viendo esa pintura por un largo tiempo, dice que es romántico cómo la princesa escapa lejos de todo, pero a la vez le da miedo por el monstruo que la arrastra hacia lo desconocido. Yo no le digo nada, son fantasías de adolescente, es normal que a su edad sienta que todo el mundo está en su contra y sueñe con escapar.

Mirarla me da nostalgia, ¡cómo ha crecido! Recuerdo como si fuera ayer el día en que nació. Sus papás y varios amigos de ellos se fueron a pasar el fin de semana a una cabaña en Tapalpa. Ese día los agarró un aguacero espantoso mientras estaban dando un paseíto por el pueblo. Nadie tenía paraguas. La mamá de Elenita tenía siete meses de embarazo. Ella terminó empapada de pies a cabeza. Su marido, mi Ivancito, se apresuró a llevarla a la cabaña para que se diera un baño y se pusiera ropa seca, para que no se fuera a enfermar. Al llegar a la cabaña ella ya tenía los dolores. Tuvieron que regresar de emergencia a Guadalajara para que la viera el médico. Elenita nació esa noche en que llovió como si el cielo se fuera a caer. La tuvieron en observación por ser prematura. Ella se puso bien muy pronto, era como si quisiera aferrarse a toda costa a la vida.

.....

Elena ya tiene veinticuatro. Ayer en la noche volvió a discutir con su papá. Desde que terminó con Julián todo ha sido un infierno en casa. Ella nunca lo ha querido, empezó a andar con él por la insistencia de sus papás de que el muchacho era un buen partido, hijo de buena familia. Ella nunca lo quiso. Cuando ella se dio cuenta de lo seria que se volvía la relación, lo mandó a volar. Sus padres dicen que es un error, eso a ella, en sus propias palabras, "le vale". No hay poder que la amarre a lo que no quiere. Lo malo es que ella rápido reacciona y se pone furiosa como un huracán.

Una vez le dije: "Elenita, entiendo tu manera de pensar, pero no hay necesidad de reaccionar así". Ella contesto, "Lo siento, pero no voy a ceder para complacerlos y hacer lo que no quiero, porque si no lo hago, sé que me voy a arrepentir". Yo también creo que comete un error en dejar pasar a ese muchacho, las oportunidades no llaman toda la vida. Ni modo que se quede soltera como yo, que estoy sola. Al menos cuidé a Ivancito hasta que se hizo hombre. Después, ya que él tuvo a sus hijos se acordó de mí y me volvió a dar trabajo con esta familia. Ni modo, supongo que así me tocaba, cuidar a los niños de otros. Ahora que Elenita es mujer, al menos me dejaron quedarme aquí y trabajar como sirvienta de la casa.

¡Ay, Elena! Tan rebelde y tan terca. En casa los ánimos están terribles, quizá por eso es que ella ha tenido tantas pesadillas últimamente. Dice que escucha a un monstruo que la llama, no puede verlo, pero si puede sentir que él la odia. Quizá unos días en el rancho de Manzanillo le hagan bien. Ella no está segura de ir, está nerviosa porque el volcán ha tenido actividad en las últimas semanas. Yo le dije que no va a pasar nada pero ella dice que uno nunca debe fiarse de los volcanes, y yo le digo que ya no está tan chiquita para imaginarse cosas.

IV.- Fuego

Él desciende por la falda del volcán, avanza callado, ardiente como magma. Conforme pasan las horas la aspereza de su piel de roca fundida se enfría, deja de ser candente. Se vuelve peludo, suave y rojizo. Sus cuernos brillan con el color del acero. Muchos años atrás, una gota de agua que se desprendió de una nube pasajera, cayó en las faldas del volcán, fue absorbida por la montaña y se adentró por la tierra hasta el corazón de magma del volcán, ahí, donde dormía un ser amargado. La esencia misma de la gota tocó su alma y el ser despertó cuando reconoció en aquella esencia parte de otro espíritu, uno por el que guardaba una tóxica obsesión.

Sin embargo, el monstruo no salió del volcán entonces, aguardó por años sabiendo que ella vendría. Ahora lo hace, la siente cerca, el monstruo se dice que tiene que buscarla para hundir su cornamenta en el corazón de ella.

En algún lugar, cerca del rancho de Manzanillo, unos trabajadores encuentran a un toro. Es grande, se nota a leguas que también es muy fuerte, pero lo más llamativo es el color rojizo de su pelaje. No es una tarea fácil, tienen que enlazarlo y luchar para someterlo, son seis los hombres que completan el trabajo. "Al patrón le va a gustar", comentan. Él no se dedica al ganado, aunque tiene por gusto algunos animales. Además, le gusta la tauromaquia y conoce quienes se dedican a la cría de toros.

La señora dice que es un estupendo animal, el señor Iván está complacido, lo mismo que el abuelo Iván. Elena no dice nada.

—Este animal es único —comenta el abuelo dándole un codazo a su hijo—, ha hecho que tu hija se quede callada.

Todos se ríen, a Elena no le hace gracia el chistesito, pero no le da importancia. Hay algo en los ojos de aquel animal que la atrae como un imán; tiene efluvio de pesadillas, pero también algo que despierta en ella una profunda tristeza. Trata de acercarse al corral, el toro bufa con fuerza y se lanza contra ella, Elena da un salto atrás, una vez más todos ríen, ella solo frunce el ceño. Los escucha hacer chistes como si ella no estuviera presente, le molesta que hablen de ella como si aún fuera una niña pequeña haciendo una gracia. Suspira, los ignora y vuelve a poner su atención en el toro; hay algo en aquel animal, un eco que retumba en su cabeza, un algo fastidioso, un algo apestoso, un algo pegajoso, un algo odioso de sensaciones desagradables: miedo, odio, culpabilidad, vergüenza.

Esa noche tiene otra pesadilla. El toro que está encerrado en el corral, rompe paredes, busca por la casa para llegar a donde está ella. Elena se despierta, mira a su alrededor, todo está en orden; el aire caliente y húmedo de la costa envuelve la atmósfera nocturna, incomodándola con su abrazo bochornoso y salado. Con la pierna, arroja a un lado las sábanas, da la impresión de que en vez de ser de tela, fueran de plástico. Se levanta de la cama para acercarse a la ventana. Afuera solo se escuchan los grillos, silencio y el bufido de un animal, un ser grande que parece llamarla. Elena siente escalofríos, sin embargo, le da menos miedo del que hubiera querido; en lugar de eso siente pesar y de nuevo aquel algo cargado de sensaciones fastidiosas, donde lo que más prevalece es la culpa, pero no se puede explicar por qué.

Se escabulle fuera del cuarto, va hasta el corral. Llega donde el animal duerme, éste toma bocanadas de aire y las expulsa con un terrible resoplido, digno de un monstruo. Esa palabra resuena, "monstruo", qué fácil es pensarla, más aún al ver a aquel animal; "monstruo", como el que tanto se asomó a sus sueños de niña. El animal ronca y expulsa una bocanada caliente y ruidosa. A Elena le da en la cara, entonces, de algún lugar de su memoria surge una nostalgia de mujer enamorada que extraña sentir la respiración cálida de su hombre en la frente, mientras duermen abrazados. El toro abre los ojos, Elena se queda quieta, la cerca de por medio es lo único que los separa. El toro no se levanta, solo le clava una mirada llena de odio, mucho odio. Elena se pregunta por qué aquel ser es así con ella, luego, del mismo lugar que había surgido aquella sensación de nostalgia, también sale un pensamiento que le dice que él tiene una razón para sentirse así. Una voz en su cabeza grita, «rompiste mis sueños». Ella pregunta, «¿de qué rayos me hablas?», hace una pausa y sin saber por qué de sus labios brota un, "lo siento", y el corazón se le rompe al punto que la invaden unas profundas ganas de llorar. El toro se incorpora iracundo, con otro de aquellos bufidos que parecen resoplar fuego. Elena echa a correr, no tanto por miedo al toro, sino porque le asustan los sentimientos que el monstruo despierta en ella.

Justo cuando más necesita un poco de calma para aclarar sus ideas, cae como una bomba la visita de los papás de Julián, por desgracia con todo y Julián. Los padres de Elena pensaron que podía ser buena idea para que los muchachos hablaran y se reconciliaran y por lo visto Julián lo desea. Elena casi revienta de coraje, no puede soportar la presión, no quiere que le digan qué hacer. Su madre habla con ella, la joven ya sabe lo que le va a decir: "Elena, no quiero groserías, compórtate, no seas tonta, es un buen muchacho, acuérdate que sus papás son muy buenos amigos nuestros, ni se te ocurra hacerme pasar vergüenzas".

Elena se tranquiliza, aunque no del todo. Puede soportar a Julián, a su familia, a su abuelo. No es difícil aparentar que pone atención a las conversaciones de la gente a su alrededor, solo debe sonreír mientras ellos conversan, con sus voces sin sentido. De vez en cuando asiente con la cabeza. Solo espera que nadie le pregunte qué opina de lo que se discute, porque entonces quedaría en evidencia, porque cómo dar su opinión cuando no ha puesto atención. Pero Elena sabe que eso no va a suceder, rara vez le preguntan su opinión. Ella sabe cómo manejar la situación por un rato y escaparse después; es un juego que sabe jugar bien, la hija buena que justo cuando menos se lo esperan, los sorprende a todos haciendo lo que le place. Así que sonríe con la confianza de quien tiene todo bajo control. Solo hay una cosa que le preocupa ahora, el toro, tiene que ir a su lado, de nuevo ese *algo* que la arrastra sin saber por qué.

A la hora de la comida se sienta con una sonrisa falsa, asiente a todo y se limita a observar mientras se entretiene con pensamientos más interesantes y el toro. Elena se levanta con un movimiento delicado, dice que va a buscar una aspirina, Julián le dice que va con ella, Elena lo detiene con un movimiento educado pero firme, lo bastante para que él se congele en su silla, él titubea y ella sale del comedor rápido para no dar pie a que la siga nadie. Se topa con tita Blanca, quien le pregunta si se le ofrece algo, ella le da las gracias y le pide que no diga nada, que si preguntan por ella solo diga que no la ha visto. Tita Blanca suspira, Elena sabe que aunque no le parezca lo que hace, ella la va a cubrir.

Se apresura hacia la puerta opuesta que da al baño, cruza las losetas españolas de la entrada, los escalones de cemento, avanza firme por el pasto seco y se detiene en el corral. Elena fija su atención en aquel animal, el cual se aproxima con furia apenas la ve, ella trata de hablarle con su corazón, él se arroja contra la resistente barda del corral, ella no retrocede, aquel *algo* en su mente le dice que no desista, que él está herido y que solo ella puede devolverle la paz. Si tan siquiera aquel *algo* que la arrastraba le dijera con claridad lo que sucede, pero no puede recordar. Aun así insiste. Al final él se calma, deja de bufar, acerca su hocico a barda y ella sus delgados dedos. La bestia hace un movimiento brusco y le muerde la mano, Elena se queja de dolor, los dedos le sangran. Aparecen una serie de imágenes en su cabeza, una casa en Manzanillo y una profunda melancolía hace que le duela el corazón.

Elena vuelve al lado de su familia, sigue jugando al mismo juego: ellos hablan, ella pretende, esconde la mano herida y su mente divaga. La imagen de aquella casa gira por la redondez de su cabeza. Tras un par de horas se disculpa para ir al baño, su mamá le dedica una mirada amenazadora, ella sonríe y miente con una mirada sumisa, pero apenas cruza la puerta se dirige a la mesa de la entrada donde espera encontrar las llaves del coche de su papá. La suerte está de su lado, las toma, sale sin mirar atrás. La llave gira, el motor ruge, Elena escapa y la reunión familiar está arruinada.

Ella conduce el auto hasta la ciudad de Manzanillo, se mete por calles, aquel *algo* le va indicando el camino. Por fin se detiene, ahí hay una casa abandonada, el techo ya se cayó, toda la herrería está oxidada, hay maleza por todas partes, los vidrios están rotos, los árboles enfermos, las paredes con grafitis. Las sombras y el abandono reinan en ese lugar donde nada tiene que hacer una joven mujer como Elena. De nuevo la invade la nostalgia. El corazón de Elena late como loco, aquel sitio se siente como hogar. Se asoma por la ventana, mira las paredes, en su mente tiene imágenes de cómo solía ser ese lugar. Sí, esa casa fue alguna vez un hogar, pero ya no más. La casa fue violada y mutilada por el tiempo, por la rapiña pero sobre todo por el abandono. Elena siente que sus rodillas pierden fuerza, apenas y puede sostenerse en pie. «Es culpa mía», solloza la voz íntima de sus pensamientos, que de repente se ven abrumados por un torrente de extraños recuerdos líquidos. Elena se apresura a llegar al coche, con movimientos mecánicos enciende la máquina y se marcha lo más pronto que puede. Quiere volver al rancho, donde sabe que le espera una reprimenda, sin embargo, en aquel momento de confusión, el regaño de sus padres parece una situación mucho más dulce que la tortura que experimenta en su mente y su corazón.

El regaño es peor de lo que esperaba, papá está tan enojado que le da una cachetada. No le había pegado desde que era niña. Se le escurren las lágrimas. Elena se recrimina a sí misma por eso, «tonta, no les muestres que te afecta», pero no puede contenerse y sigue llorando. Mamá y papá le hablan fuerte. Pero lo que más la hace sentir mal, es que regañan a Blanca. Elena se va a su cuarto a llorar por una pena que la obsesiona. No hace más que pensar en el toro, la casa abandonada y los recuerdos de una vida pasada. No puede dormir, pasa casi toda la noche mirando por la ventana, con la esperanza de que el toro sabrá que está en sus pensamientos, que le pide perdón, que quiere acercarse a él. Con el alma acongojada, reza por una tregua.

El sol se levanta en el horizonte y comienza una vuelta más. Más tarde se levanta la luna. La tregua no llega, el toro sigue arrojándose contra la barda del corral apenas ve a Elena. De nuevo el sol se levanta con sus despeinados cabellos, desaparece con el ocaso y sale la luna. Vuelve el sol y otra tercera luna. Aún no hay treguas. Elena persevera, se acerca a la barda, trata de mirar al monstruo a los ojos y pedirle que se tranquilice. El toro es pura furia; ya le alcanzó a lastimar un brazo con un cuerno y Elena tiene un vendaje.

La semana se acerca a su final. Llega el último día que pasan en la casa de Manzanillo, él último día de aquella semana confusa, Elena teme que tenga que irse sin poder hacer contacto amistoso con el monstruo, quisiera que no le importara, pero le duele. Además tiene miedo. A lo largo de los días, el toro se ha ido haciendo cada vez más fuerte y rápido. Ella ha visto en sus pesadillas que él romperá la barda, será imparable, la buscará, la seguirá por todo el mundo de ser necesario y la matará. Si ha de ganar su perdón, debe ser ahora.

Arrastrada por aquel *algo*, va a la barda, lleva el cabello sujeto en una media cola, un vestido blanco y naranja y unas sandalias. Se acerca con cautela, de nuevo suplica con la mente. «Por favor, escúchame. Aún no entiendo ni recuerdo todo, pero sí sé lo bastante para saber que tenemos un asunto pendiente. Yo me equivoqué». Las lágrimas se le salen de los ojos, de nuevo teme que su súplica sea ignorada, sin embargo, esta vez pasa algo diferente, el toro no resopla ni se arroja contra la barda. El monstruo también está llorando. Ella extiende la mano para tocarlo, espera que no la vuelva a morder. La bestia no se mueve, los blancos dedos de Elena recorren la nariz del animal, el toro por fin le devuelve un gesto amistoso, le lame la mano. Este contacto hace que una descarga le recorra todo el cuerpo, ahora lo sabe, aquel *algo* que la ha estado moviendo en los últimos días es un monstruo más poderoso que el toro, más poderoso que el destino que los ha hecho coincidir, más poderoso que papá y mamá enojados, es un monstruo llamado amor.

—Hubo una vida pasada en la que vivimos un sueño —murmura ella—, ¿es posible que dos almas vuelvan a encontrarse para tratar de hacer las paces?

Él le responde con un bufido, el cual hace eco en la mente de Elena una voz que dice, "no sé".

—Mi alma y tu alma deberían estar unidas —afirma ella y comienza a llorar

Él le deja saber que lo que quiere es destruirla, pero la ama demasiado para hacerlo, sin embargo, es tarde para que puedan tener una vida juntos. Solo puede haber unión si ambos se consumen juntos. Ella sonríe, se limpia las lágrimas y dice.

—Entonces, que así sea.

Elena brinca la barda del corral, está parada junto al animal, él se arrodilla en tierra y le ofrece uno de sus cuernos, ella vuelve a pensar en Zeus y Europa, ese era el destino final, la leyenda, pero aquí no habrá una unión de la que nacerá un héroe o un monstruo. Esto será una inmolación y es así donde ya nunca se separarán. Se sujeta de un cuerno y monta en el lomo del toro, se abraza a su cuello y cierra los ojos, lo siente por papá y mamá, por tita Blanca, quizá un poco también por el abuelo. Quiere cumplir su destino, uno para el que las pesadillas y la fantasía la estaban preparando.

El toro toma impulso, da el bufido más horrendo que ha dado hasta ahora, uno tan fuerte como el silbato de un tren y se lanza contra la cerca del corral. La familia de Elena sale, contemplan de lejos el momento en el que el toro escapa, entonces son conscientes de que hay algo más sujetándose al toro, es Elena, la llaman por su nombre, ella ni siquiera se mueve, se despide mentalmente mientras el toro emprende carrera hacia el mar. Tratan de seguirlo, pero el toro muestra una velocidad que jamás hubieran creído posible en un animal tan grande y pesado. El toro bufa a cada paso, es tal el esfuerzo de su carrera que los bufidos se hacen cada vez más y más calientes, ya no sale aire cálido de sus fauces, sino fuego y humo.

Llegan al mar, el toro se mete en el agua, Elena abre los ojos, el calor del toro hace que suban a su alrededor espirales de vapor de agua. El toro se adentra hasta que el agua cubre casi su lomo, entonces una magia escondida de su vida pasada, hace que las piernas de Elena cambien y en su lugar tenga una cola de sirena. Ella sonríe y se abraza al toro de nuevo, lo llena de besos, ahora ambos son monstruos.

—Sigue adelante, corre y que nadie nos detenga.

El toro da un nuevo bramido y se lanza en carrera fuera del mar, la sirena se sujeta a sus cuernos, el viento sacude su cabellera con fuerza como si se la quisiera arrancar. El toro arde, corre sin parar, cada vez más aprisa, ambos se ven envueltos en una bola de fuego. Sigue aprisa, más aprisa, los envuelve el humo. Se pierden en la distancia dejando tras de sí solo rastros de nubes de polvo y vapor que se disipan con la brisa marina.

Qué mano tan fría

Apenas es miércoles, Lester pone un poco más de mermelada en el pan tostado y repasa mentalmente los deberes; «decirle a mi asistente que recoja la ropa de la tintorería, junta a las 10:00 AM, llevar a Kim a su clase de ballet y tener al menos unos minutos de tiempo padre-hija...», no quiere olvidar nada. Se da la vuelta para tomar las llaves y se queda helado. Y pensar que apenas es miércoles, el fin de semana está cada vez más cerca. De lunes a viernes la rutina se desliza a ritmo de swing; el tiempo pasa con energía, armonioso, por lo general no hay muchas sorpresas. Pero ese miércoles parece ser que todo será diferente, pues todavía no dan ni las 8:00 AM y Lester ya tiene frente a sí la peor sorpresa de la semana, del mes, del año, de quién sabe cuánto tiempo.

—Por fin te encontré —suspira ella con una sonrisa. Sus ojos están bien abiertos, como los de un gatito esperando ansioso su plato de comida.

—¿Qué haces aquí? —Es todo lo que se atreve a decir. «Esto no está pasando», piensa, «no ella, no aquí, ¡no ahora!»

—Lester, mi amor —alza los brazos y avanza hacia él—, no tienes idea de lo mucho que te he extrañado, me has hecho falta.

Él retrocede, «No, que ni se me acerque, no la quiero aquí». Tiene que detener esta locura antes de que se haga peor.

—¡Espera un minuto! —Ella se detiene en seco— Te hice una pregunta, ¿por qué estás aquí?

«O pretende que no me escuchó o es que es tonta», medita.

Ella lo mira consternada.

—Pues porque mi lugar es a tu lado. No tienes idea de lo mucho que te extrañé, he pensado en ti todos los días...

«Maldición, las cosas no podrían salir peor, ¿por qué ahora? ¿Por qué?».

—Blair —la interrumpe—, te dejé cuidando a la señora Lee, ¿no deberías estar con ella?

«Allá, con la señora Lee y lejos de mi vista».

—Murió —replica con frialdad.

—¿Qué? ¿Cuándo, cómo?

—Hace unos cuatro meses, se cayó por la escalera.

Lester toma aire, se sienta en uno de los bancos de la cocina casi como si la noticia lo hubiera golpeado para obligarlo a sentarse, no puede ser, la pobre señora Lee era una buena mujer. Mira de nuevo a Blair, ella sigue ahí de pie, con la sonrisa pintada de rojo, el verde de sus ojos fijos en él y un resplandor en el rostro.

—Siento mucho oír eso.

—Yo no. Estaba cansada de ella.

—¿Te trató bien?

—Bien o mal, qué más da; era un obstáculo para que nosotros pudiéramos estar juntos.

Ahora el que tiene un gesto consternado es él. «Qué manera tan cruel de pensar... esto no puede estarme pasando, por favor, no ahora». Lester toma aire.

—¿Cómo me encontraste?

—No fue fácil, hace seis años, cuando me llevaste a Francia, no me dijiste que te cambiarías de casa. Tampoco me dejaste dinero.

Lester recuerda el viaje a Francia, desde el principio ya tenía planeado deshacerse de Blair, quería ser lo más justo posible con ella, después de todo, lo había servido bien. En ese entonces pensó que lo mejor sería ponerla al servicio de un nuevo amo. La llevó con la señora Lee, una dulce anciana de setenta y cinco años; no debía ser problema para Blair. Le dijo que era muy importante para él que cuidara a la señora Lee, que si lo amaba tenía que obedecer. Blair se tiró de rodillas, se puso a llorar como una niña, le rogó que no se fuera o se moriría de dolor. Él le dijo que tenía que ser valiente, que era algo noble, que lo hiciera por él como prueba de amor, y ella, en nombre del amor que sentía por él, aceptó completamente apesadumbrada, con la miseria dibujada en el rostro.

Lester reflexiona, «en ese entonces tenía un proyecto de vida nuevo para Blair, ahora no tengo nada y lo peor es que aquí está de vuelta... ¿qué hago?». Ella se acerca más, toma su mano entre las suyas.

—Tu mano está fría —dice con tono risueño—, siempre has tenido manos frías.

Lester se levanta, rodea la barra de la cocina, quiere poner distancia entre él y Blair, sin importar que sea una distancia tan corta. «Qué no me vuelva a tocar... ¡qué ocurrencia de venir a buscarme! ¿A qué vino? Su presencia es un estorbo... tengo sed...». Toma un vaso limpio, lo llena de agua y da un largo trago. Sigue pensativo, «debo hacer algo, tengo que ser firme». Vuelve a llenar el vaso, bebe, sigue pensativo. El agua parece saciar la sed y lavar su inseguridad.

—Blair, te tienes que ir.

—¿De qué hablas? Pero si acabo de volver.

—Eso no importa. ¡No te puedes quedar conmigo! Tienes que irte.

Ella mantiene la vista fija en él, casi como si no entendiera lo que le dice.

—No puedo hacer eso, yo debo servirte, tengo que estar a tu lado. Además yo te amo más que nadie en todo el mundo.

«Amor, qué tontería, la pobre cree que puede amar, pero solo es parte de su programación el mostrar afinidad».

—Blair, tú no me amas.

—Sí te amo.

—Tú amor no es real.

—Es real, tanto como el de cualquier mujer de este planeta.

«Pero vaya que es tonta, ahora pretende compararse con otras mujeres, ella que no es nada, tan solo un juguete».

—Te recuerdo que tú no eres como otras mujeres, tú eres más bien como un accesorio. Que no se te olvide tu lugar.

Ella se encoge de hombros. Suspira y comenta con un hilo de voz:

—¿Por qué me dices eso? La señora Lee jamás me trató como un accesorio. Ella era amable. No fue fácil dejarla caer.

«¿Dejarla caer? Esto es raro».

—¿A qué te refieres?

—Tenía que irse, mi misión es servirte a ti y ella era un obstáculo.

Lester siente una pesadez en el estómago, pero no se atreve a preguntar más. Ella vuelve a acercarse y toma otra vez su mano.

—Siempre tuviste manos frías. —Lleva la mano de él a su mejilla— Qué bien se siente tu tacto otra vez en mi piel. Tantos años, tanto tiempo, tantos días sin ti.

«¡Pero qué fastidio!». Mueve la mano de golpe para liberarse de ella. «Me temo que no me queda más remedio que ser brutalmente honesto».

—Blair, aprecio que me busques, pero yo no te quiero aquí —la toma del brazo y la arrastra hacia la puerta—. Tienes que irte ahora.

Ella se detiene, se retuerce para liberarse y se abraza a su pecho.

—No, no, no, ¡por favor no me hagas esto!

Él se libera de su abrazo, ella vuelve a levantar los brazos hacia él. Esta danza de brazos que buscan dar amor y otros que repelen se repite varias veces.

—Lester, mi amor, por favor no me trates así. Yo solo vivo para ti, no me pidas que me vaya, por favor... No estoy enojada... Todavía podemos ser felices.

«Pocas cosas tan molestas como una rogona. Este pedazo de chatarra no tiene concepto de lo que es la dignidad».

—Tuvimos buenos momentos, muy buenos —comenta ella con un hilo de voz—, como cuando me llevabas a la ópera. ¿Te acuerdas?

Lester deja de luchar, las memorias giran en su cabeza como hojas de otoño.

—¿Te acuerdas de la primera ópera que me llevaste a ver?

Él guarda silencio. «La Bohème de Puccini... estaba tan bella esa noche». Recuerda con detalle el vestido de color verdeazulado eléctrico que ella usó. Su cabello era un poema de rizos castaños que caía sobre sus hombros de una manera exquisita. El verde de sus ojos brillaba intenso como si fueran estrellas de esmeralda.

Ella descansa la cabeza en su pecho, una mano rodea el torso de Lester, la otra busca una de sus manos.

—Recuerda cuando vimos la escena de amor, el momento en que él canta *Che gélida manina*, en ese momento tú me tomaste de la mano y nos miramos. Fue gracioso, porque tú casi siempre tienes las manos frías, igual que yo. ¿Recuerdas la complicidad que compartíamos, lo maravilloso que era lo que teníamos tú y yo?

Por un momento pienso en ello, «sí, tuvimos buenos tiempos, la pasé muy bien y... ¡¿pero qué estupidez estoy pensando?! Nada de eso era real. Si lo veo fríamente, tenerla de compañera era algo bastante patético». De nuevo rompe el abrazo y la aparta de él.

—¡No, Blair, no! —exclama—. Escúchame bien, tú no puedes amar. Yo te programé para que mostraras atracción y afinidad hacia mi persona. Tú no sientes, solo actúas de acuerdo a tu programación. Eso que crees amor, no es más que una serie de reacciones eléctricas.

—Y el amor en el ser humano no es más que una serie de reacciones químicas en el cerebro. Los seres humanos, desde el punto de vista evolutivo, desarrollaron el afecto y el altruismo como parte de su conservación de especie, pues los grupos que tenían más apego entre ellos, tenían mejores posibilidades de supervivencia. Los genes, las hormonas y la educación son parte de tu programación. En realidad no son tan diferentes de los softwares y los microchips. El amor humano no es más que una serie de reacciones químicas del cerebro. Y a pesar de cualquier explicación científica, tú una vez me dijiste que el amor también es algo mágico que trasciende y que tiene un significado profundo.

—¡Eres un maldito robot y las máquinas no aman!

Blair permanece inmóvil, su rostro muestra desilusión. «Qué aspecto tan triste. Vaya que parece real, pero no lo es».

Doce años atrás, Lester hizo una fortuna creando aplicaciones para celulares y tablets. Tenía todo lo que siempre soñó, excepto una mujer que quisiera estar a su lado. Se sentía solo. Antes del dinero no tenía suerte en lo absoluto con las mujeres, después del éxito comenzó a atraer mujeres... ¡cazafortunas! Entonces aparecieron los primeros androides, seres mecánicos cubiertos de piel sintética, de apariencia humana perfecta, capaces incluso de aprender palabras y conceptos nuevos, con habilidad para imitar emociones. Lester recuerda cuando decidió adquirir a Blair. «No tenía interés de tener a mi lado una cazafortunas que buscaría la manera de quitarme mi dinero, mejor una mujer hecha al gusto y completamente leal a mí; la mejor compañera que el dinero pudiera comprar». Los fabricantes se mostraron encantados de poder servirle, se hizo tal y como él ordenó. Blair era perfecta en todo, pero era como tener a una amiga o una asistente, él quería más, quería amor, quería sumisión y devoción, quería que ella estuviera perdida por él. En contra de las recomendaciones del fabricante, decidió hacer algunos ajustes a la programación de Blair. «No fue tan complicado, solo era cuestión de hacerla más dulce conmigo, más al pendiente de todo lo que yo hiciera, siempre ansiosa de tenerme a su lado, que me viera como si yo fuera un regalo de los dioses en su vida». En ese entonces no parecía mala idea. Quizá algo ególatra, pero eso no era asunto de nadie, no era como si hiciera algo malo a una mujer real, además, cómo se gastara su dinero era únicamente asunto suyo. Fue una gran idea por algún tiempo, luego conoció a una mujer de carne y hueso en su compañía, con la que inició una relación. «Y pensar que cuando comencé a salir con Karen me sentía casi como si estuviera engañando a Blair». Cuando las cosas con Karen se volvieron serias, se dio cuenta que tenía que apagar a Blair. Pero no lo hizo, sintió lástima por ella.

—Lester —llama una voz.

«¡Maldición!». Lester se lleva el dedo índice a la boca y le indica a Blair que no haga ruido. La toma del brazo y la mete en el armario de abrigos. Le ordena que no se mueva.

Karen baja por la escalera.

—Lester, necesito que me confirmes si vamos a desarrollar el proyecto que te plantearon ayer.

«Otra vez con ese asunto. ¡En este momento no!»

—Te dije que lo voy a pensar.

—Tienes que decidirte, considera el tiempo para desarrollarlo...

—No necesito que en mi propia casa me estés presionando con cosas de mi propia compañía, ¿sabes? —la interrumpe—. No porque seas mi esposa tienes privilegios especiales. Desde el principio lo acordamos; en el trabajo tenemos una relación y en casa otra, ¿okay?

Karen por un momento le dedica una mirada hostil, se encoge de hombros y suspira.

—Sí, señor —replica destilando sarcasmo.

Pasa de largo junto a él.

—Kim te estará esperando aquí en casa para que la lleves a su clase de ballet.

—Sí, ya sé, también ya sé a dónde llevarla.

—No lo vayas a olvidar como la otra vez.

—¡No tienes por qué recordármelo!

—No veo por qué no deba —dice Karen con autoridad—, aquí en casa tenemos una relación que no es de jefe a empleada. En calidad de esposa no tengo por qué no decirte que no quiero que decepciones a tu hija, ¿sabes?

Él se muerde la lengua. Suspira y de sus labios escapa;

—Sí, señor. Estaré puntual.

Karen se da la vuelta y se dirige a la cocina. Lester aguarda hasta que escucha que pone música. Va hasta el armario de abrigos, lo abre con cuidado y habla en voz baja.

—Blair, tienes que irte.

—Es tu esposa.

—Sí.

—La misma mujer por la que me mandaste a Europa.

—La misma... pero ¡eso qué importa! Ella es mi esposa y es una mujer real.

—No pareces feliz, por la forma en que se hablan yo creo que ya no se quieren.

«¡¿Qué?! Ahora resulta que aparte de que cree que puede amar también piensa que es experta en terapia de parejas».

—¡¿Y tú qué sabes?! No tienes idea de cómo es la relación con MI esposa.

—Ayer discutieron porque no encontraste en la alacena la mermelada de piña que te gusta. Ayer por la mañana no se saludaron, cuando se vieron en la cocina para desayunar, abordaron la lista de actividades pero no hubo palabras de amor. El domingo, al medio día, hubo otra conversación hostil porque sus horarios no coinciden.

Lester se queda boquiabierto.

—¿Cómo sabes esas cosas? ¿Me has estado espiando?

—Hace dos semanas que observo. Tenía que saber si eras feliz o no, y por lo que he visto no eres feliz.

—Todos los matrimonios tienen problemas.

—¿La amas?

—No tengo por qué contestar a tus preguntas. No es asunto tuyo.

—No importa, acabas de contestar.

Blair sale del armario con un movimiento elegante. No pestañea ni una sola vez, su rostro está serio y rígido como el de una muñeca de porcelana. Nunca antes ella se vio tanto como el androide que es, como en ese momento.

—A mi lado nunca te veías tan irritado como con ella. Siempre que hablan, noto variaciones en el tono de tu voz que me dicen que hay niveles de estrés. Parece más como si estuvieras en una jaula con tigres que con tu esposa.

«¡Qué estupidez!», piensa, «ahora sí agotó mi paciencia».

—Okay, eso es todo. Te quiero fuera de mi casa en este mismo instante.

La toma del brazo y la arrastra hacia la puerta. Blair apenas pone resistencia, está desconcertada.

—¿A dónde iremos?

—Tú te vas al demonio. Yo me quedo aquí.

Ella se detiene.

—Pero tenemos que estar juntos, yo debo estar a tu lado.

—¡No!, No, no y no. Tú no eres nada. No te quiero en mi vida. Te largas en este mismo instante y lo que sea de ti no me importa.

Lester vuelve a tirar de su brazo, esta vez ella no se mueve ni una pulgada. «Mejor que no me haga esto más complicado, que tengo cosas que hacer y...». La mira a la cara y se detiene, ella está rígida, su mirada es helada y su aspecto es severo.

—No entiendo por qué me haces esto tan difícil. Yo fui hecha para estar a tu lado. Tú insistes en echarme lejos. No puedes hacerme esto.

Lester suspira.

—Lo siento, pero así debe ser.

Ella hace un largo silencio, medita pero sin revelar nada de lo que pasa por su cabeza. Por fin dice:

—Tú no me quieres porque ella está aquí.

—Sí, la tengo a ella.

—Bien, entonces, debo quitar obstáculos.

Blair gira sobre sus talones y se dirige a la cocina. Lester escucha a su esposa.

—Pero i¿quién eres tú...?!

Luego las pisadas rápidas de Blair y un quejido ahogado. «No». Lester corre a la cocina. Blair tiene a Karen sujeta por el cuello. La pobre mujer se sacude en el aire, trata inútilmente de liberarse, parece un gorrión vulnerable en las garras de un gato que lo lleva de un lado a otro. Lester trata de ayudar, brinca sobre Blair, tira de su brazo. Son esfuerzos vanos, la maldita muñeca mecánica está usando toda su fuerza, es inamovible, es como tratar de arrebatar a una estatua de mármol algo que forma parte de la misma escultura. Blair gira la cabeza hacia él, con la otra mano lo empuja, él sale volando, su golpe de acero es doloroso.

Lester está desesperado. Debe apagarla, pero no es tan simple. Recuerda que en el instructivo decía algo de repetir un comando fonético, una secuencia compleja a fin de que nadie pueda apagarla por casualidad en medio de una conversación. «Debí apagarla mientras pude... ¿dónde estará el instructivo?». El instructivo lo saluda desde el país de los objetos perdidos.

No hay tiempo, debe detenerla de otra forma. «Algo, cualquier cosa que pueda servir de arma... ¡la jarra de la cafetera!». Levanta la jarra de la cafetera, ésta vuela por el aire, hace puntería en la cabeza de Blair, sus cabellos se despeinan, se llenan de líquido hirviente y pedazos de vidrio. Blair ni siquiera se queja, sus ojos son láseres verdes colmados con el resplandor del odio. Lester ve un sartén, su mano sube, luego desciende con toda la fuerza que le puede aplicar sobre la cabeza de Blair. Se produce un sonido similar a un gong, la cabeza de la maldita androide apenas es movida ligeramente, Blair permanece inmutable a la par que Karen se va quedando quieta, muy quieta. Ya no lucha, sus brazos caen inertes. Blair deja caer el cuerpo de Karen y se gira hacia Lester.

—Listo, ella ya no es impedimento. Ahora sí, estaremos juntos.

—¡No! —grita Lester y se arroja hacia su esposa.

«Karen, mi vida... perdóname... y pensar que lo último que nos dijimos fueron tonterías...». Rompe en llanto.

—No debes llorar —suspira Blair con un aire inocente—. Es lo mejor, no eras feliz a su lado.

—¡¿Qué sabes tú de cómo era mi vida de casado?!

—Ustedes peleaban.

—¡Todos los matrimonios se pelean, maldita asesina!

—Nosotros jamás discutimos.

La rabia lo invade, se levanta para confrontar a Blair. Su rostro ha cambiado, Blair ya no se muestra hostil, su sonrisa es dulce, su gesto amable, se ve ilusionada, igual que aquella noche que la llevó a la ópera. Boquiabierto, Lester mira con horror al androide, la misma que tiempo atrás fue su compañera, la que adquirió específicamente con la misión de ser una pareja devota, la muñeca cuya programación modificó de manera deliberada para estar seguro de que tendría a su lado a una mujer perdida por él. En su cabeza suena la canción de la garantía de Blair, es una melodía burlona que no deja de repetir, "El fabricante no asumirá ninguna responsabilidad por daños a su persona, al androide o a terceros si usted deliberadamente, altera, cambia, modifica o daña cualquiera de las partes o la programación del androide".

Él cae al piso de rodillas y luego se va de espaldas. Blair se acerca sonriendo y le tiende la mano. «Fui un idiota, ¿en qué estaba pensando? No tenía por qué volverla loca por mí... ¡loca!». Ella es una rosa mortal que le tiende la mano. El mundo hierve a su alrededor, la visión del cadáver de su esposa le hiere el alma, no puede evitar sentirse responsable. En su cabeza, la garantía canta más fuerte y le parece que en algún lugar, en una oficina poco convencional, un ejecutivo experto en electrónica, en playera polo y tenis, sentado en una pelota de Pilates en lugar de en una silla, se ríe de Lester a carcajadas y le espeta, «serás muy bueno haciendo aplicaciones, pero no eres mejor que yo en programación». Lester se arrastra por el suelo, quiere alejarse de ella, Blair avanza hacia él.

—Anda, dame la mano, te ayudaré a levantarte.

—¡Aléjate de mí! —le grita.

Se levanta apresurado, debe pedir ayuda. Corre hacia la puerta, ella lo sigue pisándole los talones. Es rápida. Lo sujeta por detrás, él se gira y la abofetea, su cabeza se mueve hacia un lado. Se endereza lentamente, lo mira con gesto herido. Él sabe que ahí el único que tiene dolor, es él en la mano.

—¿Cómo puedes hacer esto?

—¡Lárgate! —le grita— Entiende que no te quiero cerca.

Blair sacude la cabeza de un lado a otro en una negativa.

—No, no, no, mi amor, por favor no me hagas esto —gimotea, parece como si fuera a llorar, pero sus ojos no pueden producir lágrimas—, por favor, Lester, mi vida, no me alejes de ti. Tengo que estar contigo, ¡yo te amo!

Blair casi cae de rodillas, se cuelga de su brazo, él se sacude y retrocede. Lester le sigue gritando que lo deje en paz, ella no deja de suplicar, cada vez más frenética. Se abalanza para tratar de abrazarlo, Lester lucha, ella logra pescarlo, se aferra a él con la desesperación de una persona a la deriva arrojándose a un salvavidas en el mar. Él pelea por liberarse, ella insiste con más fuerza y sus brazos lo aprietan más. Pierde balance, cae de frente, ella no hace nada por detener la caída, solo quiere abrazar. Ella es pesada, tiene la cabeza dura, él lo percibe bien cuando su cabeza golpea la cabeza de él. Está herido, aparte, Blair en su desesperación de no soltarlo, lo sigue apretando cada vez más fuerte. Ella aprieta y aprieta tanto que él no puede respirar. Escucha el crujir de sus costillas. Y pensar que apenas es miércoles... «y ahora, ¿quién llevará a Kim a su clase ballet?».

Blair le da la vuelta a Lester para ponerlo boca arriba, le gusta mirarlo a la cara, tiene los ojos más hermosos del mundo. Le toca la mano, tan quieta y tan fría. Acaricia su pecho, éste también se siente frío. Pero eso no le incomoda.

—Después de todo, mis manos son frías también, ¿verdad que sí, mi amor?

Él no responde, pero a ella no le molesta. Lo importante es que por fin, después de tantos años, están juntos de nuevo. Le acaricia el pelo, le da un beso en los labios, luego se acurruca con él y cierra los ojos.

—Ahora sí, ya no nos separaremos.

Blair sonríe, nada podría hacerla más feliz.

Flor del desierto

Vagando por el mundo, entre hombres, espíritus y demonios te encontré. Ahí estabas tú, dejando la niñez, aprendiendo a ser mujer. Eras una visión virginal y recatada con el negro de un cielo estrellado en la mirada. A partir de ese momento te seguí en secreto, sin que tú pudieras verme. No me importaba que no me hablaras, yo te amé desde entonces. Te vi florecer con la gracia de un botón delicado que se abre despacio. Me cautivaron tus modales, tu voz de alondra y esas manos que saben trabajar en el hogar lo mismo que brindar una caricia a quienes son poseedores de tus afectos, como tus padres, a los que siempre honraste con la mayor de las dulzuras. Eras bella, eras como rosa del desierto, con una piel suave como seda y perfumada como jazmín. Mirarte sonreír era como contemplar el amanecer. Tu cabello oscuro tenía una fragancia más enervante que la esencia de nardos, porque olía a ti, a la singular belleza que eras tú. Así es, Sarah, desde la primera vez que te contemplé supe que tenías que ser mía, aun cuando no pudiera tocarte ni tu padre te diera a mí como esposa.

Ocurrió entonces que tu padre le otorgó tu mano a un pariente. Él hubiera sido el marido ideal, tú parecías satisfecha, yo ardía con la ira del infierno. ¡Tú eras solo mía! No tenías que casarte con nadie, pero lo hiciste. Recuerdo durante la celebración de la boda el delicado rubor virginal de tus mejillas cuando él tomó tu mano, tú resplandeciste como el sol. Esto solo incrementó mi furia, tu esposo me pareció en ese instante el más despreciable de los hombres, el más indigno y ahí estaba, sentado a tu lado igual que un cerdo al que le hubieran tirado una perla, la más espléndida y rara de las gemas nacaradas. No podía soportarlo, así que tomé una decisión.

Esa noche, cuando quedaron a solas en el cuarto, antes de que él pudiera tocarte, sujeté con mis manos su corazón y lo estrujé. Apreté y apreté presa de la ira, con fuerza, hasta que reprimí por completo el movimiento de aquel órgano. Él se quejó de un dolor en el pecho, tú lo observaste pasmada con aquellos ojos maravillosos que adornan tu cara. ¿Te he dicho que eres bella incluso cuando gritas asustada? Qué hermosa me pareciste cuando tu cuerpo se levantó, con un movimiento exquisito de mujer preocupada que corre al lado de su marido, desplomado en el suelo; qué soberbio el destello diamantino de tus lágrimas. Yo estaba satisfecho, me había deshecho de aquel tipejo antes de que pusiera sus manos en ti.

Te admiré en la soledad de tu silencio, estuve contigo mientras guardabas luto y te dije muchas veces, sin que tu pudieras oírme, "no llores más, Sarah, aquí estoy contigo".

No pasó mucho tiempo antes de que otro pariente tuyo te reclamara por esposa y de nuevo, el estúpido de tu padre le dio tu mano. Yo estaba furioso, ¿con qué derecho te ofrecía a otro hombre? Yo no iba a renunciar a ti, nadie debía tocarte jamás, así que en la noche de bodas, antes de que pudiera unirse a ti, lo hice caer de manera que se pegara en la nuca. Tu rostro reflejó el horror, la historia de tu primer matrimonio se repetía. Volviste a derramar aquellas lágrimas cristalinas. Yo traté de consolarte y al hacerlo mi contacto te llenó de frío hasta los huesos. ¡Ay, Sarah! Qué bonito me pareció tu gesto desconcertado, y es que entonces tú aún no sabías que yo estaba contigo. No me separé de ti porque tú eras mi hermosa joya, mi Sarah. Todo lo que hice fue por amor, porque lo que yo sentía por ti era más fuerte que el afecto que te diera cualquier hombre.

El tercer esposo tampoco te amó más que yo. Ese hombre era un idiota, tenía muy pocas luces para valorar a una mujer inteligente como tú, así que también me tuve que deshacer de él, apretando su tráquea para que no pudiera respirar. Tras haber enterrado a tu tercer conyugue algunos sirvientes de la casa especularon si acaso tú tenías alguna responsabilidad en las muertes. Los rumores llegaron a los oídos de tus padres. Tú te defendiste, tu amoroso padre te creyó.

Hubo una cuarta boda, que terminó con un cuarto cadáver. Tu nuevo esposo era un cobarde, un gusano temeroso de todo, muy poca cosa para un espíritu valiente como tú, que pese al dolor de ser tres veces viuda, aceptaste con optimismo y obediencia otra boda. Fue muy gracioso, solo me hice visible para él, con todo mi demoniaco esplendor. Esto hizo que se asustara tanto que trató de escapar por la ventana. Lástima que el terror solo le dio impulso para saltar pero no para volar. El sonido de los huesos de su cuello al caer de cabeza, fue de antología. Quedaste devastada, lo mismo que tus suegros, quienes de nuevo cuestionaron si no eras tú quien se las ingeniaba para matar a tus maridos con brujería.

Una vez más las lenguas venenosas murmuraron. Tú mantuviste tu inocencia. Tu madre, no dudó en defenderte, tu padre estaba pensativo. Tú lloraste a sus pies que tuviera compasión de tus desgracias. Él, siendo un padre con un inmenso amor por su hija única, al final creyó en ti y te defendió de quienes te criticaron. Sin embargo, en el fondo de su corazón había una semilla de duda, que con el paso de los días, mientras más era regada con pensamientos de incertidumbre, más y más crecía hasta ser una planta espinosa que le punzaba las entrañas.

Sin que tú lo supieras, se dio a la tarea de vigilar todos tus movimientos, en apariencia te dio libertar para ver si así descubría algo malo en ti, quizá un amante secreto que no permitía que nadie se te acercara, o si en tus ratos libres te entregabas a profanas prácticas espiritistas. Pasado un tiempo, lo único que encontró fue que su hija era la más honesta y dulce de las jóvenes, respetuosa de las leyes y el Dios de sus ancestros. Así que sin más, arrancó esa planta de duda de su corazón y volvió a amarte como siempre. Por cierto, en todo ese tiempo, el único afecto por ti que jamás se vio alterado, fue el mío. Yo siempre estuve ahí para cuidar de mi perla cautiva.

Para tu quinta boda, yo esperaba que desistieras de casarte, pero no lo hiciste, tú querías cumplir tu deber de hija y por eso obedeciste a tu padre cuando te dio a uno más de tus parientes, el cual tenía derecho a desposarte. También querías cumplir con tu deber de mujer y convertirte en esposa y madre, a pesar de que el quinto fue el peor. Era un tipo tan ignorante, un hombre vulgar de modales toscos. Me irritó su carácter posesivo, su voz áspera y la manera en que te veía, como si fueras una mercancía a la que tenía derecho. ¡Tú no eras un objeto que hay que reclamar, por todos los infiernos! Tú eras mi preciosa flor del desierto, así que ese infeliz tenía que morir.

En cuanto se quedaron solos en la recámara nupcial y aquella bestia se abalanzó sobre ti, me puse furioso. Me hice presente y por primera vez, mi hermosa Sarah, viste a la cara al demonio que te amaba, también fuiste testigo de cómo le desgarraba las entrañas. Tú diste voces de alarma, cuando tu familia llegó a tu lado, tú llorabas aterrada en el suelo. Les dijiste lo que había sucedido, ellos no parecían creerte, tú clamaste que tuvieran piedad de ti, "¡fue un demonio!" y les mostraste que tus manos éstas estaban limpias. Tu papá fue el primero en acercarte a ti para abrazarte.

Días después, tras el entierro y el tiempo de luto, tu familia consultó a un profeta quien les confirmó, "hay un demonio a su lado que no la deja ni un minuto". Tú y tus padres se quedaron sin habla, no podían creerlo. Tu madre lloró y tu padre por una vez, se volvió contra ti, él quería saber qué clase de pecado habías cometido para atraer a un demonio sobre tu persona. Tú gemiste que eras inocente, una y otra vez insististe en que no habías hecho nada malo y eso era cierto. Luego, como una manera de demostrarlo, te volviste una hija aún más atenta, trabajadora y piadosa de lo que habías sido antes.

Creíste que con tus buenas obras, el halo funesto que se cernía sobre ti desaparecería. Funcionó para recuperar la simpatía de tu padre, pero no para detenerme de matar a tu sexto marido. Sarah, tus actos me daban igual; buena o mala, tú me gustabas como fuera. Además, debo admitir que había algo excitante en la idea de poseer a una joven tan pura como tú, de retenerte a mi lado a pesar de lo buena que fueras. Sin embargo, la razón fundamental por la que te hice mi prisionera fue por amor.

Una noche, lloraste tu mala fortuna hasta que te quedaste dormida. En tus sueños, notaste mi presencia, yo estaba recostado a tu lado, como hacía todas las noches, y es que me gustaba tanto verte dormir. Yo te abracé y murmuré en tu oído, "tranquila, yo estoy aquí para cuidarte". Sentí el vuelco que dio tu corazón apasionado, lloraste en tus sueños y me preguntaste por qué no te dejaba, yo respondí "porque eres mía".

Después de aquella noche, pasaste muchas horas pensando en mi voz y mis palabras, en esos instantes te tornabas cabizbaja y me decías con el alma, "es que yo no te quiero". Me apenaba tu dolor, sin embargo, era tu culpa; si me hubieras aceptado con agrado, no hubieras sufrido, pero dado que querías algo más que yo, tu corazón sufría por la decepción. Uno solo padece por aquello con lo que se encapricha y es feliz por aquello que acepta con gusto, la aceptación y la entrega contra lo que no puedes cambiar, son una manera de alcanzar la paz.

Insistir en tener un marido solo te causaría dolor porque ese deseo no era posible. Sarah, yo no estaba dispuesto a renunciar a ti, mi amor era mucho más grande que cualquier otro que se haya conocido. Debiste ser feliz conmigo y nada más, pues mientras no lo fueras, tendrías que llorar por aquellos a los que quitaba con violencia de entre tú y yo, tal y como ocurrió con tu séptimo marido.

El tiempo pasó, ya no había parientes que quisieran casarse contigo y la historia de tu desventura se corrió como un rumor. Te quedaste sola. En el pueblo murmuraban a tus espaldas, algunos se lamentaban por tu padre; con una hija hermosa pero que únicamente había traído muerte y vergüenza a su familia. Hubo quienes se burlaron de ti. Tú soportaste como una verdadera reina, con la cabeza en alto a pesar de que por dentro, sufrías.

Un día una sirvienta de la casa dijo que toda tu familia estaría mejor si te murieras. Herida, sintiendo que ya no eras capaz de soportar más, subiste al piso de arriba para ahorcarte. Traté de razonar contigo para detenerte, mis palabras fueron rechazadas, es más, pensar en mí te daba más impulso para hacer aquella locura. Quizá no quisieras escucharme, pero sabía muy bien cómo manipularte. Mientras te preparabas yo lancé una sola pregunta, "¿has pensado en tu padre?". Tú te detuviste, en ese momento fuiste consciente del dolor que le causarías y tras pensarlo un momento, dejaste de lado tus pretensiones de muerte, te derrumbaste de rodillas llorando y te pusiste a rezar. Yo estaba satisfecho, "estaremos juntos mientras yo lo quiera", anuncié.

Tenerte conmigo era un bello sueño, uno que no debió empañarse nunca. Entonces apareció otro pariente tuyo, ese malnacido Tobías. Creo que a él lo odié más que a todos los otros pretendientes, tuve un mal presentimiento desde el instante en que arribó a la casa de tus padres, con su buen talante, su cara de ángel, aquella sonrisa inocente y ese brillo en sus ojos castaños que te robó el aliento.

Él llegó acompañado de su perro y de un tal Azarías, un hombre reservado quien se presentó como guía de aquel joven hasta que volviera a casa de sus padres. De solo recordar el primer instante en el que tú y Tobías se miraron, quisiera vomitar. Él parecía ya estar enamorado de ti desde que llegó, como si tu sola existencia fuera una ilusión. Él se mostró satisfecho de descubrir que tú eras todo lo que había anhelado y tú sonreíste y te ruborizaste delicadamente con el resplandor del ocaso. Su amigo mantenía una actitud protectora.

En algún momento, Azarías, callado y severo, fijó la vista en dirección a ti, pero me pareció que no te veía a ti, sino a mí, que siempre estaba a tu lado, luego se puso a hablar con tu padre. Yo los miré con furia. "Qué ni se atreva a pedir la mano de mi Sarah", pensé, "porque lo cuide quien lo cuide no escapará de mi furia".

Esa noche, Tobías le mostró a tu padre que, como tu más cercano pariente, él tenía más derecho a ti que ningún otro hombre. Tu padre le advirtió de mí, Tobías no desistió. Tú padre, respetuoso de la ley, accedió a entregarte. Tu padre te mandó llamar y te dio como esposa a Tobías esa misma noche. Tú parecías prendada de aquel muchacho. Pude leer tus más profundos pensamientos, estabas rezando porque a él no le pasara nada. En tu mente ya te imaginabas a ti misma a su lado toda la vida.

En cuanto los dejaron solos en su recámara, tu padre mandó cavar una tumba para enterrar al muchacho en secreto y así no traer más escándalo sobre su familia. Yo me reí, me pareció algo práctico que tu viejo padre estuviera listo para lo que tenía que suceder. Sarah, mi perla, tú estabas tan llena de ilusión, que por la misma razón temblabas con el temor de quien aguarda recibir un golpe mortal.

Me pregunté cómo debía matarlo; quizá estrujando su corazón, como al primero; tal vez con un ataque directo de mi persona, o con un accidente, no sé, tenía ganas de ver su sangre. Mientras me preparaba, él se aproximó al brasero, entonces colocó ahí algo. El vapor que se desprendió de aquella cosa al quemarse, inundó el lugar, aquello tenía la esencia pestilente del mar, era una fragancia que se iba incrementando conforme se iban consumiendo aquellas entrañas de pez. El tufo era insoportable, la cabeza me dolía, cada vez más y más, empezando por la nariz y extendiéndose dentro de mi razón hasta la nuca, igual que las raíces de un árbol. Aquella ramificación hedionda me estaba volviendo loco, tenía que huir. Salí volando por la ventana, enredado en las estelas de aquel humo pestilente y mientras lo hacía, pude escuchar la voz amable de aquel estúpido muchacho decirte, "ven, primero vamos a rezar".

Yo corrí lejos, muy lejos, hasta un lugar en el desierto en el que me detuve para tomar aliento, entonces unas cadenas me cayeron por sorpresa y me atraparon, levanté la vista y descubrí que el responsable era el amigo de Tobías, pero ya no parecía un simple compañero de viaje, en su rostro meditabundo y en sus ropas sencillas había algo diferente, una majestuosidad, el resplandor de un arcángel. Me sentí como un tonto, no sé cómo no reconocí antes a Rafael. En ese momento lo entendí todo, el enemigo de mi Señor dispuso de todo para alejarte de mí.

Yo traté de liberarme, le grité con fuerza a aquel mensajero, "¡suéltame, debo volver!". Él ladeó la cabeza, "¿para qué, para seguirle haciendo daño?". Me enojé, "Ella es mía, lo entiendes, ¡mía!". Él me miró con desprecio y se dio la vuelta para marcharse, me revolví iracundo, "¡Te digo que me sueltes! Debo volver con ella". "Tú no tienes nada que hacer a su lado", me respondió. "¿Eso crees?", repliqué y añadí, "Eso es porque tú no sabes nada de lo que es el deseo, las pasiones o el amor". Él se arrodilló a mi lado, "¿Acaso tú lo sabes?", preguntó, "Lo sé, mucho mejor que tú". Él se rio con una mueca burlona, luego me miró con una mezcla de desprecio y lástima, "No, Asmodeo, tú no sabes lo que es el amor. Tú entiendes solo de egoísmo, de capricho y de obsesión. Hacer sufrir al otro no es amor, obligar a alguien que no te quiere a estar a tu lado no es amor, pretender te amen a la fuerza no es amor".

Él se levantó y se alejó, yo me quedé ahí gritándole que me liberara, luchando contra esas cadenas inútilmente. Imaginé a Tobías a tu lado, acariciándote, unido a ti en aquel ardoroso abrazo conyugal en el que se funden al mismo tiempo la mente, el alma y la piel; amándote como lo hace un hombre que está perdidamente enamorado de su mujer. Te imaginé en sus brazos y fui presa de un violento encono. En medio de la soledad, quise matar a todos, destruir el mundo entero, arrancarle las alas a aquel arcángel igual que se le arrancarían las alas a un mosquito, pero lo único que pude hacer fue gritar tu nombre.

De eso hace ya mucho tiempo. Cuando por fin pude liberarme, regresé a buscarte. Para cuando te encontré, tú eras ya muy diferente. Tú y tú marido ya no son unos muchachos, sino dos adultos. Tú, sentada junto a tu hija, mecías a tu nieto en tus piernas y Tobías daba instrucciones a tus hijos ya hechos hombres respecto al ganado. Seguías siendo bonita, pero ya no eras ni remotamente, aquella virginal perla radiante de frescura y lozanía, sino una mujer madura, la esposa de otro.

Sabes, me he preguntado mucho si alguna vez te acuerdas de mí, en realidad no importa, tú ya no eres la misma y por lo tanto ya no me interesas, o tal vez esto es solo algo que yo me digo para resignarme. Me decepciona ver en lo que te convertiste, eres tan ordinaria y simplona como cualquier otra mujer. Observo a Tobías clavar la vista en ti con tanta ternura y te veo cómo con una simple sonrisa le devuelves el gesto.

Yo te amé mucho, Sarah, más de lo que cualquier otro te pudo haber amado, mi amor era uno grande y apasionado. Yo estaba día y noche a tu lado, ¡yo maté por ti! ¿Cuántos podrían presumir de lo mismo? Jamás nadie te amará como yo.

Mejor me largo, aquí no tengo nada más que hacer. Ultimadamente hay muchas jóvenes casaderas en el mundo y yo soy un adicto al amor. Ya me volveré a prender de alguna otra joven.

Los ahorcados

—¿Estás bien?

—¿Cómo que si estoy bien? ¿Pues qué no estás viendo?

—¿Qué es esta sensación tan rara? Creo que no toco el suelo. Ya dime, qué te pasó.

De su boca escapa un gruñido de fastidio.

—¡Pues estoy muerto, igual que tú!

—¿Hace cuando que moriste?

—Primero que tú.

—¿Cuándo fue eso?

—¿No te acuerdas?

—No.

—Si serás pendeja; nos acaban de matar y ya se te olvidó.

—Es que fue todo tan rápido, además traía los ojos vendados y con tanto fregadazo en la cabeza, pues una se destantea.

—Cuando nos bajaron de la camioneta.

—Sí, me acuerdo de eso, ya traíamos los ojos tapados y las manos atadas en la espalda. Después nos hicieron caminar y luego ya ni entendí.

—Pues nomás nos pusieron la cuerda en el cuello y nos tiraron del puente; ahí quedamos.

—Ah, por eso estamos colgados.

—Aaaah... pues ni modo que porque estemos volando.

Ella hace silencio, poco a poco se van develando más recuerdos, la banda rival, la balacera, las cosas que dijeron sus compañeros y parte del horror que siguió después. «Estoy muerta», se dice, primero como si quisiera negárselo, después con desolación, «muerta, ahora sí no hay nada que hacer». Se pregunta por qué tuvo que terminar así. Piensa mucho en lo que dejó, en cómo ocurrió todo y siente frustración. Luego, una sensación de reproche invade su espíritu. Se dirige de nuevo a su compañero.

—Esto es tu culpa.

—¿Mi culpa? ¿Por qué o de qué?

—Que nos hayan matado, es tu culpa. Ya sabía yo que no nos estábamos metiendo en nada bueno. Pero tú no me quisiste escuchar, dijiste que todo saldría bien, que íbamos a ganar mucho dinero. Ahora por tu culpa estoy muerta.

—¡Ay no mames! En primer lugar nunca te obligué a nada, ¿o qué? ¿Te puse una pistola y te dije "o le entras a esto, mamacita, o te mato"? Claro que no; yo te dije y tú aceptaste, así que no me vengas con la jalada de que yo soy responsable.

—Tú eras responsable de mí y de mi niña, me insististe que le entrara y yo ni quería.

—Na, na, na, ¡ni madres! Tú solita te metiste en esto.

—¿Y no te importa que nuestra hija se quedó huérfana?

—¡Tu hija! Ya sabías que yo no quería tener hijos, aun así te embarazaste, te volví a repetir que no y tú de todas formas la tuviste, así que ese era tu pedo.

—Tú te acostaste conmigo, eras su papá.

—Según tú, a mí no me consta, bien que te ibas, según tú, al café con "solo un amigo". Además la que quedó embarazada fuiste tú.

—Y yo que pensé que ibas a cambiar cuando la niña naciera, pero seguiste siendo el mismo animal.

Él la ignora, ella guarda silencio un momento y luego prosigue:

—Mi pobrecita Nayeli, ahora qué irá a ser de ella.

—Tu mamá la cuida, ¿o no? ¿Cómo que qué va a ser de ella? Pues lo mismo, para ella será como si nada hubiera pasado.

—Va a crecer sin su madre.

—Mira no te hagas la mártir que no te queda. Tú nunca fuiste muy maternal, casi casi en cuanto nació la fuiste a botar allá con tu mamá y ni la buscabas.

—¡Eso no es cierto!

—Cómo no, tú nada más veías tu comodidad y que la escuincla no te molestara. A ti te importaba más ir a perder el tiempo con tus amigas en el celular y al salón a ponerte tus uñas esas de brillitos. Y ahora resulta que muy buena madre, neta que no mames.

—Lo hice por ti.

—No, ni madres; lo hiciste porque quisiste.

Ella se queda pensativa un momento mientras el viento balancea su cadáver. Recuerda a su madre diciéndole "ese hombre no es bueno", "tienes que ver por tu hija", "¿por qué eres tan rebelde y tan egoísta?", "Ay hija, vas a acabar muy mal". Quisiera sentir el viento frío de la madrugada en su cuerpo, pero no puede ni siquiera percibir la soga que aprieta su cuello. Solo siente rabia por el que cuelga a su lado.

—Es verdad, tú no querías ser padre, ¿pero sabes qué? La neta es que nunca hubieras sido buen papá; de todo te enojas y te pones violento.

—Ni tú buena madre, para que te lo sepas; de todo gritas y eres bien floja.

—Mira mejor cállate, ¡qué ya me tienes harta con tu pinche actitud! Además si estamos aquí es por tu culpa.

—Tú fuiste la que falló más tiros cuando se armó la balacera.

—Y tú el que andaba de boca floja de la mercancía que teníamos y dejaste que se enteraran quién era nuestro jefe, ¡claro! Siempre le andabas haciendo al vergas.

Él se ríe.

—Nos agarraron, nos golpearon y nos colgaron y tú aun así te ríes.

—¡¿Pues ni modo que qué?! ¿Qué me ponga a llorar? Iremos a revivir con lágrimas.

—Si te hubieras callado cuando llegó al bar la gente de Fonseca, no nos habrían descubierto, pero siempre tenías que alardear de todo, como cuando chocaste la camioneta contra aquel Mustang y a punta de pistola lo hiciste que se quitara para largarte de ahí.

—Yo qué iba a saber que eran empleados del cabrón del Fonseca.

—Bien sabes que él y López se peleaban la plaza. Pero siempre te las has de dar de muy machín. Así fue como la banda de Fonseca los ubicó a ti y a los otros y los siguieron hasta la casa donde estábamos escondidos.

—Pues porque el baboso del gringo maneja como viejita. Él fue el que causó todo esto y lo peor es que cuando nos cayeron y agarraron a los de la banda, él estaba entre los que se alcanzaron a pelar. Si nos siguieron fue por ellos.

—Eso no fue lo que dijeron ni Pepe ni el gringo.

—Claro, porque ese par de pendejos siempre la traen contra mí; saben que yo soy mejor en todo y como siempre quieren quedar bien parados con López, pues ahí andan haciéndome quedar mal y de lamehuevos con el jefe.

—Lo que pasa es que a ti todo se te hacía muy fácil, nada más te arrebatabas y a disparar, a manejar a lo loco, a hacerte de palabras… ¿Y todavía te ríes?

—Vieja tenías que ser; miedosa y mitotera.

—Pero bien que te gustaba, ¿qué no?

—La neta no tanto, estaban mejor las viejas del jefe López.

—¡Tú nunca me amaste, nada más me querías para lo que pudiera servirte!

Se hace un rato de silencio, solo se escucha una lona agitándose en el viento, en la que hay un mensaje para López. Ella prosigue.

—Contigo no había más que puras mentiras. ¿Por qué eras tan ingrato, tan mula?

Silencio.

—¡Contéstame!

—¿Y qué chingados quieres que te diga? Ya no tiene caso, estamos muertos.

—Te di lo mejor de mí, te seguí en tus planes y en todo lo que quisiste.

—Me seguiste por tu gusto, porque te gustaba la lana

—Porque te quería y porque pensé que tú también me querías, pero tú nunca quisiste a nadie; ni a tus papás, ni a mí, ni a nuestra hija ni a las otras viejas con las que andabas.

—¿Cuáles viejas?

—Las otras con las que andabas.

—No sé de qué me hablas.

—¡Ahora hazte buey! Bien sabes de lo que hablo. De las otras viejas con las que salías a pasear y con las que me engañabas.

—Bueno sí, había otras viejas, ¿y?

—La vez que te caché con la tal Alondra, me rogaste que te perdonara y que me quedara contigo, y yo de mensa te perdoné. ¿Para qué me detuviste de que me fuera si no me querías, si no ibas a cambiar en nada a favor de la relación? ¡Eh! Dímelo, para qué.

—Pues no más.

—¿Cómo que nomás?

—Pues sí... ¡nomás y ya! Ultimadamente si te quedaste, ese fue tu problema; ya sabías a lo que te atenías conmigo. Aparte no te des tus pinches baños de pureza, que no te quedan.

Ella gimotea, por un momento desea tener en sus ojos muertos lágrimas que pueda verter en su ropa ensangrentada, que escurran por sus mejillas amoratadas.

—Pinche gringo, ojalá la gente de Fonseca lo agarre y le parta su puta madre. ¡Y tú ya deja de chillar! Ya estuvo bueno, que no.

—Mi pobrecita niña...

—Si ni pecho le diste.

—Si no le di pecho no fue porque no quisiera.

—Yo te oí decirle por el celular a una de tus amigas que no le dabas porque se te iban a caer las chichis, que si tu figura era muy importante, que si quién sabe qué tanto más.

—Fue por ti, para seguirte gustando.

—Nel, ni madres, fue porque quisiste, porque la niña te fastidiaba cuando lloraba y porque no querías estar en casa, te querías largar por ahí con tus amigos.

—¡No es cierto, fue por ti!

—¡Sí pues! —replica con sarcasmo.

De nuevo silencio, ella sigue recordando las cosas que le dijeron en vida, los consejos que no quiso escuchar por correr tras el hombre que amaba, aquel demonio al que alguna vez le dijo que daría la vida por él. Ella dice con un hilo de voz.

—Si pudiera volver atrás, haría las cosas bien diferentes. En vez de estar tan obsesionada con un monstruo, me buscaría un hombre con una profesión, que sí me amara y me protegiera.

—Drama, drama, drama. Mejor ya cállate un rato, ¿no?

—¡No estoy hablando contigo, pinche estúpido!

—No más porque estoy muerto, que si no, te reventaba el hocico.

Ella se ríe con descaro.

—¡Uy, mira nada más! ¡Ya no asustas a nadie, pendejo!

Él le grita muchas cosas, ella opta por ignorarlo. Se sume en la vacuidad, acompañada solo por sus pensamientos y las emociones que inundan su espíritu, se siente abrumada, entonces anhela volver a ser capaz de siquiera apretar los puños, pero es consciente de que ya ni ese desahogo le queda.

Cabeza de calabaza

Creo que ya todo está dicho, no hay manera de convencerte de que te quedes conmigo. Yo de verdad quisiera salvar la relación, porque te amo. Eres la mujer más extraordinaria que he conocido, eres todo lo que siempre quise; bonita, graciosa, te gustan los videojuegos y las películas de acción. Te gustan las actividades al aire libre; ¡no podría pedir más! Lástima que tú no pienses igual y que estés decidida a terminar la relación sin importar lo que tenga que decir. Afirmas que no soy lo que quieres, que no te ves casada conmigo y me has rechazado el anillo. Odio aceptar que algún día esto tenía que suceder, que me enamorara como un tonto de una persona que no sentiría lo mismo por mí. Estoy pagando, yo sé que estoy pagando. Se cumplió lo que me dijo ella, porque si todo esto me está pasando es por ella... ¿Que a quién me refiero? A alguien que conocí hace años, cuando era más joven. Es una historia muy rara, quizá no la creas pero toda es cierta.

Sucedió cuando terminé la preparatoria y me disponía a iniciar la carrera, tenía dieciocho años. Como ya sabes, yo era el mayor de cuatro hermanos, no teníamos papá y éramos pobres. Nunca te platiqué a detalle lo difíciles que fueron esos años de mi juventud. Cuando yo tenía quince mi papá se murió y nos dejó solos. Mi mamá apenas y tenía la prepa. Trabajaba para un negocio familiar como secretaria, sus jefes eran un matrimonio de viejos tacaños que le pagaban una miseria, pero al menos tenía trabajo. Yo la ayudaba con lo que podía trabajando de mesero, pero no creas que ganaba mucho tampoco.

Al terminar la prepa, mi mamá me dijo:

—Hijo, a ver cómo le hacemos, pero tú vas a estudiar una carrera a como de lugar. No quiero que seas como yo, yo quiero que te prepares y que seas alguien.

Yo quería estudiar ingeniería, pero las cosas en casa estaban bastante mal. Por suerte, poco después agarré otra chamba donde ganaba mejor. Trabajé como chofer de ruta de transporte público. Sí, yo sé que esto mucha gente no me lo cree, pero es verdad, yo fui minibusero. Tenía un tío, compadre de mi mamá, que estaba bien metido en el sindicato de los minibuseros, él fue el que le dijo un día a mi mamá:

—*Ire*, comadre, *pos* si quiere yo meto a Fernando de chofer... ¿sabes manejar, tú chamaco?... Ah qué bueno, pues eso es todo. Vas a ver que no te va mal.

Mi mamá y yo lo discutimos mucho, mis hermanos, entonces de trece, once y ocho años, necesitaban cosas, así que dije:

—Pues en nombre sea de Dios, ¡lo voy a hacer!

Y eso fue todo, porque yo cuando me decido, no me detengo. A mí mamá no creas que le hizo mucha gracia el que decidiera aceptar el trabajo. Ella solo me dijo lo que siempre decía cada vez que pensaba que yo estaba haciendo una tontería: "Ay, Fernando, tan cabezón". Algo gracioso es que cada vez que me llamaba cabezón, me hacía pensar en las cabezas de calabaza que se hacen para Halloween, con cara sonriente y simplona y la cabeza hueca. Para mí siempre han sido la representación de un tonto y testarudo, es decir, un cabezón, como me decía mi mamá.

Al principio me costó agarrarle al camión, ya había manejado muchas veces la camioneta Lobo de mi anterior jefe, el dueño del restaurant donde era mesero, pero definitivamente no se compara una pick up con un camión de pasajeros. Mi tío me dijo que era cuestión de práctica y me dejaron dar varias vueltas en un lote donde guardaban camiones de otra ruta. Los otros choferes me hacían burla, pero no me lo tomé a mal, no lo hacían con mala sangre. La mayoría eran buenos tipos, es más, ahí me encontré a dos con carrera pero que habían acabado de choferes por la falta de trabajo y la canija necesidad. Pues ya ves que la cosa está bien dura y este gobierno corrupto no ayuda en nada. Pero bueno, me estoy desviando.

En el primer día me dieron mi apodo, "el Pollo", por lo joven que era y porque me decían que aún tenía cara de niño. Comencé a trabajar la ruta, me levantaba a las 5:00 AM para llegar a la universidad a las 7:00 AM. Salía a las 12:30 PM, me iba volado a mi casa, comía, dejaba mis cosas y me iba a trabajar la ruta iniciando mi primera vuelta como alrededor de las 4:00 PM y terminaba alrededor de las 11:00 PM, dependiendo de a qué hora llegara a la base tras terminar mi última vuelta.

Yo no hablaba con mis compañeros de escuela de mi trabajo, con todas las cosas que la gente dice de los choferes; que si bestias, que si no se fijan y matan gente. Prefería mejor no entrar en discusiones. Es cierto que hay conductores que son unos salvajes, no voy a decir que todos son unos santos, pero también hay gente muy imprudente; los camiones tienen puntos ciegos y nunca falta el estúpido que se atraviesa corriendo la calle pensando que el chofer lo va a ver, cuando no es así. Además, los conductores de transporte público no son los peores; hay mucha gente maleducada al volante, que jamás cede el paso. Nunca falta el típico prepotente con camioneta, o la señora que se va maquillando, no se fijan, hacen puras estupideces y encima de todo más malhabladas que muchos choferes que he conocido. No es sencillo estar en el tráfico de la tarde, de alrededor de las 7:00 PM que es hora pico, ¡es horrible! Y encima, a veces los pasajeros también te dan problemas. Fue un trabajo duro, pero en el fondo lo disfruté, aparte me iba bien y mi jefe era un tipazo; me apoyó con mis turnos para que no faltara a la escuela. La verdad es que me tuvo mucha consideración.

Ya llevaba casi un año trabajando de chofer cuando una noche, ya para terminar la última vuelta, por un espejo que tenía, me fijé que entre los pocos pasajeros que aún quedaban, había una muchacha sentada casi al fondo. Había algo en ella que me atraía, era muy bonita, con una larga cabellera negra y los más hermosos ojos color marrón que haya visto, con largas y tupidas pestañas y cejas negras y gruesas muy bien trazadas que le daban un aire de diva. Casi no podía dejar de admirarla, pero tenía que hacerlo, para ver al frente. Tras un rato manejando, volví a mirar por el espejo. Ella ya no estaba. Suspiré, qué lástima. En fin, seguí manejando.

Un par de noches después la volví a ver, esta vez sí me fijé en el momento exacto en que se subió. Yo estaba cobrando rápido los pasajes de la manera mecánica en que por lo general lo hacía, cuando vi sus delicados dedos blancos con una moneda de diez pesos y escuché que me dijo "buenas noches". Ese saludo fue más que suficiente para atraer toda mi atención, su voz era musical. Levanté la vista y ahí estaban, los ojos oscuros y una discreta sonrisa que tenía algo de malicioso. Le contesté el saludo y le di su boleto junto con el cambio. No sé si ella lo notó pero me temblaba la mano. Traté de no pensar en ella y concentrarme en el volante. Una infernal hora de tráfico después, cuando solo quedaba un cuarto más de ruta por recorrer, miré por el espejo a los pasajeros que aún quedaban, ella seguía ahí. No pude evitar sonreír, justo en ese momento sus ojos se fijaron en mí. Volví la vista al frente, tenía que ser prudente, hasta ese entonces nunca había tenido un accidente de tráfico y no quería tener el primero por estar embobado con una pasajera. Cada que escuchaba el timbre de alguien pidiendo parada, ponía atención para tener una idea de dónde se bajaría.

En los siguientes días traté de fijarme más en los pasajeros al momento de abordar, así fue como noté la siguiente vez que ella subió a mi autobús desde el momento en que se acercó a la puerta. La escena se repitió varias veces, no tan a menudo como yo hubiera querido. A veces no tenía suerte de que coincidiéramos. Cuando la veía me conformaba con el saludo e intercambiar un par de fugaces miradas. Con el tiempo, ella rompió el silencio, lo cual por supuesto fue mucho más conveniente. Preferible que ella diera el primer paso, a que el descarado chofer tratara de establecer contacto con la pasajera. Fue una de esas noches en que no hubo mucho pasaje, un día bastante malo y lento. Estaba lloviendo. Ella abordó, saludó y le contesté el saludo. Se sentó al frente y me dijo:

—Ahorita le pago —al tiempo que revolvía su bolsa buscando dinero.

Yo iba despacio, a la espera de subir algo más de pasaje. Ella sacó el dinero y me lo extendió, el camión iba casi vacío.

—Ya tenía días que no te veía —comentó ella.

—Sí, no te había visto —repliqué tratando de sonar seguro.

Me sentí avergonzado. Ella olía como a algodón de azúcar y yo iba todo sudado, con la cara brillosa por la humedad que se levanta con las primeras lluvias de la temporada, que hacen que el ambiente lejos de sentirse fresco se sienta como una sauna.

—Lo bueno es que ya vas para tu casa a descansar —comenté, fue lo primero que pensé.

—Sí —dijo ella relajada—, es lo que quiero, llegar a casa, quitarme los zapatos y descansar.

Se hizo silencio, luego ella preguntó:

—¿Tú ya casi terminas por hoy?

—Sí —dije emocionado porque ella me estaba hablando—, ya nada más llego a la base y de ahí me voy a mi casa.

Hablamos un poco más hasta que ya casi era el final de la ruta, en ese punto ella dijo que ya tenía que bajarse, le deseé buenas noches y se fue. Esa noche, ya en mi cama, no podía dejar de pensar que había sido una agradable conversación, pero también me decía que era tonto pensar que una muchacha así se fijara en mí. Me imaginaba a mí mismo como una especie de Jack Cabeza de calabaza, todo sonriente y bobo, con una camisa sucia, manejando el camión. Quizá si nos hubiéramos conocido en la universidad, hablando de estudiante a estudiante, me hubiera sentido más seguro. ¿Pero de chofer a pasajera? ¿De una muchacha que se veía educada, que venía de la escuela a un chofer de autobús todo sudado? Mis posibilidades de impresionarla eran menores. No obstante, por lo visto me equivoqué, porque en las siguientes veces que abordó mi autobús, ella procuró sentarse lo más al frente posible, y una vez que había poca gente, charlábamos. Por supuesto que yo aproveché lo mejor que pude las pocas oportunidades. Su nombre era Aurora y tenía la misma edad que yo.

Una noche, ella estaba un poco más platicadora que de costumbre, empezamos a hablar de películas sin parar, hasta que ella de pronto se detuvo y exclamó:

—¡Ay qué distraída! Por estar hablando se me pasó mi parada. Ya está oscuro y yo debo volver a mi casa.

Se revolvió ansiosa en el asiento, pero sin levantarse. Yo miré por el espejo, no había más pasajeros y técnicamente ya no quedaba mucho de la ruta.

— No te apures, yo ahorita te llevo.

Aurora sonrió con cierta malicia, arqueando las cejas.

—¿De verdad harías eso por mí?

Pisé el freno y me dispuse a dar vuelta.

—Sí, ahorita te acerco.

Ahora que lo pienso, quizá ella lo planeó todo, claro que entonces no lo vi así, Aurora me gustaba muchísimo y quería hacer algo por ella. Una vez que la regresé hasta donde ella siempre se paraba, me preguntó que si no me podía desviar un poquito más y luego que me parara en un lugar donde seguro no estorbaría. Así lo hice. La miré, tenía el estómago lleno de mariposas, me bastó ver la sonrisa pícara que tenía de oreja a oreja para saber que algo pasaría. Ella me tendió la mano, la tomé, me dio un jalón y me hizo caer a su lado, dos segundos después nos estábamos besando. Yo estaba volando, Aurora me dio besos, en la cara, en los ojos, en los labios. Tras un rato ella se detuvo.

—Ya me tengo que ir, espero verte mañana.

El resto de la noche solo la tuve a ella en mi mente febril.

La noche siguiente coincidimos, lo mismo que la siguiente y todas las demás. En cada ocasión ella se quedó a mi lado hasta el final de la ruta, o hasta que no hubiera más pasajeros, luego yo la llevaba a casa y nos besábamos en el camión hasta que ella decidía que era momento de irse. Una noche, mientras la besaba, se detuvo y me dijo:

—Quiero que veas algo.

Esa noche llevaba una falda larga hasta el suelo, al estilo hippie, azul con flores. Ella se levantó la falda y extendió uno de sus pies, pronto el apasionado ardor que sentía siempre que mis labios tocaban los suyos, se convirtió en helada sorpresa; lo que tenía frente a mí no era un pie humano, sino la pata peluda de un gato, como si ella fuera un enorme felino. Me sorprendí tanto que me caí al suelo, ella se echó a reír, luego se puso a ronronear muy fuerte. Sonaba tan real, igual que suenan los tigres en el zoológico cuando sus cuidadores se disponen a arrojarles comida.

—¿Qué es esto? —exclamé.

—Solo un truco ¿No te gusta?

—¡No! —grité sin pensar y sin disimular cara de desprecio.

Ella frunció el ceño y me gruñó como gato que no quiere que se le acerquen, luego se levantó, se dirigió a la puerta y bajó del camión. Lo último que vi, cuando corrí a la ventana, fue su silueta negra perdiéndose en la noche.

Después de eso no la volví a ver. Pasaron varios meses, encontré trabajo para una compañía electrónica, me cambié al turno nocturno de la universidad y el año y medio que trabajé conduciendo un minibús quedó atrás. Seguí con mi vida sin pensar mucho en Aurora, solo a veces, una que otra noche de soledad, en la que me acordaba de su sabor, un recuerdo ardoroso que siempre se interrumpía de zarpazo con el recuerdo de la pata de gato.

Dos años después, un 31 de octubre, mientras trabajaba, unos compañeros y yo escuchábamos la radio. El locutor anunció que daría pases para una fiesta de disfraces, que prometía ser la mejor fiesta de noche de brujas de la ciudad, a quien llamara y contara la mejor experiencia paranormal. Yo tenía ganas de ir a la fiesta, lo mismo que el dueño de la radio. Le dije a mi compañero que yo tenía una historia y le conté sobre Aurora y la pata de gato. Él escuchó con la boca abierta y al terminar exclamó:

—¡Pues qué esperas, marca y diles tu historia! Te dan los pases y vamos.

Como buen empleado que practica un poco de *robo hormiga*, tomé el teléfono de la empresa y marqué y marqué y marqué hasta que entró mi llamada, conté lo ocurrido brevemente al locutor, quien opinó:

—Sí está chida tu historia, te voy a poner al aire en cuanto se termine la canción, no cuelgues. Le echas ganas y la cuentas con más detalles de terror y toda la cosa sobre la bruja.

Así lo hice en cuanto me pusieron al aire, conté la historia de manera exagerada, le metí muchas cosas e inventé detalles de ella. La gente de la estación de radio me puso sonidos de fondo de risas de brujas e hicieron muchas preguntas en torno a la posibilidad de que las brujas se divirtieran con los hombres como si fueran juguetes, sobre su poder para seducir y quién sabe qué más. Me tomaron mis datos. Al final del programa anunciaron a los ganadores. No me gané los pases, pero gané segundo lugar y me dijeron que fuera a la estación a recoger vales de cerveza gratis.

El viernes de esa semana fui por mis vales de acuerdo a lo acordado. Llegué a la estación, presenté una identificación, me dieron mi premio y me echaron fuera. Estaba en la parada del camión esperando a que pasara el que me llevaría a casa, cuando una voz familiar ronroneó:

—Así que mis ojos brillaron rojos, con el fuego del demonio.

Un aire frío me golpeó en la nuca, miré a mi lado y ahí estaba Aurora, tan bonita como la recordaba, quizá aún más, con el encanto que dos años de embarnecer le habían dado, quitando trazas de niña y haciéndola más mujer, una joven y bella mujer.

—Hola —fue lo único que pude decir.

Me quedé como tonto admirándola, sin atreverme a decir nada más, quién sabe si por embrujo o por mera estupidez y el nerviosismo de volverla a ver.

—Me gustó tu historia —comentó con la indiferencia de un crítico snob que hace una reseña de una película—, en general bien narrada, pero con algunos lugares comunes y el desarrollo de personajes pudo ser más profundo. Aun así fue un buen relato fantástico.

Yo la contemplé de arriba abajo, me sentí como un niño que es puesto en evidencia tras cometer una travesura. Ella también me miró con la fuerza de un depredador, era como si me leyera el corazón con la rapidez y precisión con la que un scanner lee un código de barras.

—Gracias —murmuré y me mordí la lengua.

«Pero qué idiota», me recriminé mentalmente, «¡Gracias! Así o más cabezón... Jack Cabeza de Calabaza sentado en la parada del camión, todo sonriente sin nada mejor que decir que, "gracias"».

Tomé aire.

—Perdón —suspiré e hice un esfuerzo por mostrarme impasible—, solo quería ganar boletos para la fiesta de Halloween y...

Aurora se echó a reír.

—No tienes que disculparte, no estoy ofendida, al contrario, me da gusto que te hayas acordado de mí, lástima que no te dieron los boletos.

Esta vez me dedicó una sonrisa y yo me derretí. En ese momento me di cuenta que ella todavía me gustaba mucho, tras todos esos años y a pesar del desagradable susto de la pata de gato, ella aún me atraía de una forma que no podía explicarme. Después de eso inicié conversación, le pregunté cómo estaba, si seguía estudiando y qué era de su vida. Ella tenía mucha soltura para hablar de todo, con el encanto natural y despreocupado de una ninfa o un hada. Pronto yo tuve la misma actitud de ella, estaba relajado, entonces tuve la confianza, o quizá desvergüenza, de decirle:

—Sabes, cuando te conocí me gustabas y la verdad es que todavía me encantas, si no tienes novio, me gustaría que me dieras tu teléfono, para un día de estos invitarte un café.

Su respuesta fue saltar hacia mí para rodearme con sus brazos y besarme en la boca.

El siguiente fin de semana le invité el café que le prometí, luego siguió la invitación al cine y otro café. Nos hicimos novios. Aurora y yo nos volvimos inseparables. Si salía el fin de semana con amigos, ella iba conmigo. De igual forma, a todos sus compromisos sociales yo siempre fui su acompañante. Aurora estuvo conmigo en el funeral de un ex compañero chofer, al que tenía mucha estima, que murió por la bala que un desgraciado le disparó cuando trató de asaltar la ruta que él manejaba. También ella estuvo a mi lado en mi fiesta de graduación, con su vestido verde, toda sexy, con el encanto de una estrella de Hollywood.

Ella significó mucho para mí, con Aurora viví cosas que no había hecho antes con nadie, y quizá todo eso solo sirvió para que me obsesionara más con ella. Yo la quise mucho. Me gustaba su carácter desenvuelto, su risa desenfadada, su temperamento dominante, sus ganas de vivir, su rebeldía, su inteligencia, hasta su magia. A veces hacía trucos de cartas con la habilidad de cualquier mago de la televisión, claro que ahí no había ninguna magia, esos eran simples trucos, pero igual era impresionante porque era bastante buena con las cartas. Otras veces usaba su magia para levitar objetos pequeños en el aire. Cuando íbamos al bosque de los Colomos, ella siempre llevaba semillas de girasol y las hacía volar hasta lo alto de los árboles para dárselas a las ardillas. Aurora decía que en su familia casi todas las mujeres por parte de su mamá eran brujas, pero que no todas tenían las mismas habilidades. La especialidad de su mamá era predecir cuándo una tragedia estaba por suceder. La de su abuela era hacer estallar el vidrio. La de Aurora era crear ilusiones, como la de la pata de gato, ella en realidad no podía transformarse en gato.

Yo nunca hablé de las brujas con nadie porque, ¿quién iba a creerme? Es más, yo sé que tú ahora mismo no me crees, pero eso ¡qué más da! No creo que nada de lo que te diga te importe más. Yo solo te cuento por contar y nada más.

Aurora fue mi novia por seis años. Fue una relación muy hermosa, llena de pasión y amor pero que por desgracia, no iba a ningún lado. Estaba loco por ella, hacía lo que ella quería. Una vez escuché que por cada relación que inicias pierdes a dos amigos. Bueno, pues por Aurora yo perdí al menos cinco, tres de ellos, amigas mujeres, porque Aurora ¡vaya que sabía ser celosa! Ella y yo teníamos cosas en común, pero también teníamos diferencias que se fueron volviendo más notables con los años.

Nos peleábamos mucho. Los dos éramos apasionados y cuando nos amábamos, nos devorábamos a besos. Por otro lado, cuando nos peleábamos era muy intenso. A veces nos decíamos cosas que eran peor que si nos agarráramos a golpes. Yo me esforzaba por darle gusto, pero también admito que otras veces no fui precisamente dulce con ella y me porté como un patán. Con el tiempo caímos en un círculo vicioso; un día era amor, otro día discutir, otro ver una película en santa paz, otro día pelear; un día ir a una fiesta, otro día no nos hablábamos.

Estábamos tan obsesionados uno con el otro que siempre que surgía la posibilidad de romper, la sola idea era muy dolorosa. Queríamos estar juntos, pero a veces, la mera voluntad no es suficiente. Ella quería un proyecto formal de vida. Yo la amaba, pero rehuía a la idea de casarme con ella. Siempre tenía una excusa para no comprometerme: primero, porque tenía que terminar la carrera, luego porque estaba concentrado en aprender mi trabajo, después había que juntar dinero, también porque estaba estudiando una especialidad y más adelante la razón era porque no y ya. En un punto mi mamá comenzó a preguntarme si tenía intenciones de alguna vez llegar a casarme o a qué le tiraba con ella, yo respondía:

—Todavía no. Aún estamos jóvenes. Mejor más adelante.

Mamá me dedicaba una larga mirada y decía:

—Ah qué con mi muchacho tan cabezón. Cómo te gusta quitarle el tiempo a esa muchacha.

Mamá sabía que lo nuestro ya no daba para más, no porque tuviera un toque mágico, sino por la experiencia que dan los años. Con solo mirar a mi madre, sabía que no le gustaba cómo era mi relación con Aurora, pero ella prefería no meterse en mi vida; se limitaba a observar y dejar que pasara lo que tuviera que pasar.

El punto en el que comencé a darme cuenta que lo mejor era terminar fue una noche en casa de mis tíos. Había una reunión familiar por el cumpleaños de mi tía Martha. En el momento en que mi dulce novia se sintió cansada, dio la orden para que la llevara a casa. Uno de mis tíos me preguntó:

—¿Vas a volver? No me puedes hacer esto, tienes que volver a tomarte unas chelas conmigo.

Aurora comentó:

—Por mí no hay problema, pero primero me llevas a mi casa.

Así lo hice. Subimos a mi auto. Recuerdo que en el camino iba pensando en el tono mandón que usó cuando dijo lo de que no había problema y me sentí un tanto molesto, pero no le dije nada, por dentro pensaba, «No necesito tu permiso, ni que fueras mi mamá, Aurora». Yo sé que era una tontería, pero como te digo, Aurora y yo habíamos llegado a un punto en que de todo nos enojábamos. Guardé el pensamiento negativo en el baúl de mi memoria, bajo la clasificación de, "temas para pelear", para sacarlo en algún momento futuro.

Cuando llegué a su casa, su mamá estaba afuera, la saludé, ella me miró seria, como adivinando incluso antes que yo mismo lo que iba a suceder. Se portó fría, cosa rara, pues su mamá siempre era muy platicadora y amable. Me sentí incómodo, me apresuré a decir adiós y volví a casa de mis tíos.

Tan pronto volví, mi familia empezó con la siempre fastidiosa conversación de, "¿y tú para cuándo te casas?". Hay algo en cada familia que si no te molestan con preguntas impertinentes de matrimonio y tu vida personal, es casi como si no te quisieran. Yo prefería no contestar, me limitaba a encogerme de hombros, sonreír y replicar, "no sé". Esa noche mis tíos estaban especialmente fastidiosos.

Mi tía Chayo, se acercó a donde yo y mi mamá estábamos. Ella se había divorciado recientemente y no la estaba pasando bien, vivía sola. Ella me dedicó una mirada melancólica y me dijo:

—Fernando, es muy feo que un hombre le quite el tiempo a una muchacha. Si no la quieres, mejor déjala que busque a alguien más.

Ella dijo aquello con tono grave y dolido, como si me estuviera reclamando por sí misma y no por Aurora. Esto me hizo reaccionar.

—Yo amo a Aurora.

—Sí, pero uno debe estar con las personas que ama porque la relación tiene futuro y no por costumbre. Eso es hacerse tonto.

Mi mamá asintió y suspiró:

—Mi hijo tan cabezón.

En ese momento, sonó en el reproductor de música aquella canción de, "*me agarra la bruja y me lleva a su casa, me vuelve maceta y una calabaza*". Imaginé a Aurora con un vestido negro de bruja, extravagante y sexy, y a mí a su lado, siguiéndola como Fernando Cabeza de Calabaza. Me sentí como un tonto, lo que dijo mi tía tenía sentido. Yo estaba con Aurora porque me gustaba muchísimo, sin embargo, eso no cambiaba el hecho de que quizá no estábamos hechos el uno para el otro. Lo nuestro era más costumbre que otra cosa. El amor es una magia extraña, a veces hace que te obsesione por alguien con quien no hay compatibilidad verdadera. La magia del amor puede unir parejas disparejas por un tiempo, luego la magia se evapora y deja atrás una relación complicada. A mí me bastaba que Aurora me sonriera para derretirme en sus manos, pero no era suficiente para desear que algún día se convirtiera en mi esposa.

Esa noche, en mi cama, solo con mis pensamientos, acepté por primera que lo que tenía con ella había dado ya todo lo que tenía que dar. Quizá era mejor que viéramos a otras personas. Esa idea se sentía como si de pronto alguien hubiera abierto una ventana y yo quisiera respirar otros olores de afuera.

No sé si su mamá le dijo algo de lo que presintió o qué, pero en los siguientes días Aurora tenía una actitud irritable. De todo se molestaba. Lo peor vino cuando sin querer, le dije acerca de las preguntas incómodas de mi familia. Ella estalló.

—¿Lo ves? Todo el mundo se pregunta lo mismo, ¿cuánto tiempo más quieres que sigamos de novios? No entiendo cuál es tu problema con el compromiso, tú no tienes ningún plan de vida conmigo.

Lo que siguió no fue agradable, nos peleamos. Las cosas no mejoraron con los días. Una tarde ya de plano ella se fue a su casa como a los veinte minutos que teníamos de haber salido juntos, no sin antes decirme cosas muy hirientes que no voy a repetir porque son privadas. Igual me lo merecía. Yo le dije algo que la lastimó y ella me lo regresó al triple, gracias a la magia de saber tanto de mí, tras todos esos años juntos.

Me quedé con mucho coraje, no quería hablarle y no lo hice en por lo menos unas tres semanas. Entonces hice algo de lo que no estoy orgulloso, invité a salir a una compañera del trabajo. Fuimos al cine y nos besamos. Habrá quien diga, "ay, un beso no es nada", pero poniéndome en el lugar de Aurora, si yo supiera que mi novia se va al cine y se besuquea con otro me pondría furioso, y peor aún que no fue una vez, porque volví a invitar a salir a esa compañera una segunda vez, las cosas escalaron y créeme, no fue por falta de ganas que no llegué a más con ella. Creo que a nadie le gustaría saber que su pareja se larga con alguien más ni las intenciones con las que iba. Tenía mucho en qué meditar, me sentí como un tonto y un hipócrita, me estaba engañando a mí mismo y a Aurora. La amaba, pero ya no quería estar con ella. Teníamos que hablar.

Por fin la llamé, intercambiamos por teléfono un par de palabras amistosas y le dije que iría a su casa. Ella abrió la puerta, ninguno de los dos dijo hola, solo nos miramos, ella estaba tan bonita como siempre, con un aire de diva triste. Me bastó contemplarla para pensar, «No puedo hacer esto, la amo y tenemos una historia». Por fin murmuré un saludo.

—¿Y bien?

Me echó una de esas miradas frías de scanner, como si en un momento me desnudara la mente y el alma. Entonces, no sé si fue porque usó sus poderes, o por la culpabilidad que machacaba mi consciencia, o por la magia de la estupidez, que me escuché a mí mismo confesar:

—Besé a otra.

Aurora contuvo la respiración por un momento, sus mejillas perdieron color, luego sus cejas negras se fruncieron en un gesto iracundo y se arrojó hacia mí, igual que aquella tarde en la parada del camión, solo que esta vez no fue para abrazarme sino para golpearme el pecho con los puños. Se puso a llorar histérica.

—Ya cálmate —le ordené.

Traté de controlarla, la agarré de los brazos, ella luchó por liberarse, yo me mantuve firme hasta que ella, poco a poco, se fue sosegando. Sus brazos se debilitaron hasta quedar inertes, como los de una muñeca derrotada. No debí lastimarla así. No sé, a veces haces cosas que con los años, cuando maduras, las recuerdas y te das cuenta de lo mal que estuvieron. Claro que en el momento en que sucedió no lo vi así, porque en su momento te justificas para ser el héroe de la película de tu vida.

Solté a Aurora. En ese momento recordé la noche que mi tía me dijo aquello de quitarle el tiempo a una mujer, recordé la melancólica seriedad con la que lo dijo, como si abogara por cada mujer a la que su hombre le hizo daño y por todas las muchachas casaderas del mundo a las que sus novios las decepcionan por no ser honestos. Tenía que hacer lo correcto. Por una vez yo fui el que habló más mientras que Aurora permaneció silenciosa, cosa rara en ella que siempre decía lo que pensaba. Le conté todo y le dije la verdad de lo que sentía. Al final, sentí pena por terminar.

—Perdóname, pero creo que es lo mejor para los dos. Eres una mujer maravillosa y algún día vas a ser muy feliz con alguien más.

Esas palabras sirvieron para devolverle el color a las mejillas. El aire a nuestro alrededor se volvió frío, un resplandor rojizo brilló alrededor de sus negros cabellos y sus ojos centellearon rojos, con las llamas del infierno, ¡y está vez era en serio! No como cuando llamé a la estación de radio y conté mi aventura de terror de brujas. Aurora levantó el brazo y me apuntó con el dedo índice, luego profirió llena de ira:

—Pues yo solo espero qué seas infeliz, que te pongan el cuerno mil veces, que te corran del trabajo y que te de cáncer.

No fue nada agradable escuchar eso. Me hubiera gustado regresarle el insulto, burlarme en su cara y decirle "¡Uy, sí pues, niñita! Carcacha, carcacha y lo que me digas se te retacha", o cualquier otra tontería como de primero de primaria, pero me fue imposible siquiera atreverme a hablar por el miedo que me invadió, porque no tenía frente a mí a una simple mujer tirando insultos como loca, tenía frente a mí a una auténtica bruja tirando maldiciones como loca. Yo jamás la vi usar su magia para lastimar a nadie. Ella sin duda que podía, pero creía que eso estaba mal. Si había llegado a este punto era porque estaba muy, muy herida.

Hice acopio de valor para encontrar una manera de salir lo mejor librado posible. Tomé aire y le hablé:

—Qué triste que reacciones así, porque yo jamás te desearía el mal. Admito que cometí un error y lo siento, pero es lo mejor para los dos. Te he dicho la verdad porque no es justo mentirte. Mereces ser feliz con alguien que te comparta el proyecto de vida que anhelas.

Ella ladeó la cabeza, sus pupilas redondas relucieron llenas de odio. Un aire helado me envolvió y una sensación de hormigueo me invadió las entrañas, sentí que algo me apretaba el cuello. Traté de dar un paso atrás, pero no pude, mis brazos y piernas se pusieron rígidos. En serio que si en mi vida he tenido miedo, fue en ese momento. Ella sentenció:

—Pues yo a ti te maldigo para que sufras, para que...

Y de pronto las maldiciones se congelaron en su paladar. Las llamas rojas de sus ojos ya no ardieron más y el resplandor rojizo se fue desvaneciendo. Poco a poco la sensación de hormigueo desapareció. Ella bajó su dedo hechicero.

—No, esto no está bien —comentó con un hilo de voz—. No debo usar mi poder en ti, de todas formas no lo vales. Pero no creas que te quedas sin castigo, porque el karma te hará pagar.

Las lágrimas resbalaron por sus mejillas. Volvió a apuntarme con su dedo brujo y se dirigió a mí con voz calmada.

—Yo te amo más que a nadie desde que manejabas aquel camión, te amo incluso ahora que ya no me quieres. Algún día, vas a enamorarte igual que yo y es entonces cuando pagarás. Karma para que ames como yo y te decepcionen como tú a mí. Vas a perder la cabeza por alguien y esa persona te romperá el corazón. Así es el karma. —Bajó su dedo hechicero, luego añadió— Creo que no tengo nada tuyo, pero si encuentro algo luego te lo mando. Tú no tienes que regresarme ninguna de mis cosas, y si acaso hay algo mío que no quieras o que yo haya olvidado en tu casa, solo tíralo a la basura. Esos objetos tienen energías que no quiero sentir cerca.

Se dio la vuelta con la delicadeza de un hada, me dedicó una última mirada y cerró la puerta del cancel de su casa sin siquiera decir adiós. Eso fue todo. Suspiré, me subí a mi auto y me fui a casa.

No sé qué haya sido de su vida, alguna vez traté de hablarle pero jamás contestó mis mensajes. Me quedó claro que todo se terminó. Pasó el tiempo, conocí a otras personas, pero nada relevante. Es más, la relación con aquella compañera del trabajo ni prosperó, ella no fue más que una distracción, un chivo expiatorio.

Ahora, a mis treinta y tantos la vida me ha sonreído. Tengo un buen trabajo, un buen auto, vivo en un área mucho mejor que en la que crecí y aún cuento con el apoyo de mi madre y mis hermanos. Soy un tipo que en apariencia lo tiene todo, excepto tú. Sé que suena cursi, pero cuando te conocí, de inmediato pensé, "estoy viendo a la madre de mis hijos". El problema es que tú no viste lo mismo y ahora me rompes el corazón y me duele como si fuera un adolescente experimentando su primera decepción amorosa. Pocas cosas son tan humillantes como el que te rechacen cuando estás de rodillas con un anillo en la mano.

Siempre he sido un tonto cabeza de calabaza. Si tan solo pudiera hacerte que me amaras, pero el amor es rebelde y no puedes obligarlo por más que te duela. El amor es una alimaña que a veces se divierte tirando flechas en una sola dirección, razón por la que a veces unos aman mucho a personas que no corresponden igual. Aurora me lo advirtió, es el karma. Contigo estoy pagando lo que le hice a ella. Tengo roto el corazón. Supongo que así tenía que ser.

La luna sobre Slaughter Beach

Esa mañana, cuando abrí los ojos, un pensamiento asaltó mi cabeza, me pregunté qué era lo que me atraía a él. Ese pensamiento era tan fuerte, que era como si estuviera hecho de termitas y mi cabeza de madera. ¿Por qué lo amaba? Me puse a repasar las cosas que más me gustaban de él, pero lo que más tenía en mente era el sexo.

«Sí, es muy bueno, pero él tiene otras cualidades», me dije.

Trate de pensar en sus cualidades, pero estando en aquella cama, una y otra vez lo primero que saltaba en mi mente era la parte animal. Hacerlo con él era, por decirlo de alguna forma, fenomenal, antes jamás había tenido una química tan buena con ningún otro hombre. Sin embargo, no quería centrarme en eso.

«Él es más que un gran amante, es un buen hombre, es dulce, es gracioso», me recriminé.

Y mientras me trataba de enfocar en sus cualidades, de nuevo volvía a pensar en lo bien que me sentía cuando me besaba, en el olor de su obscuro cabello, en lo tibia que se sentía su piel sobre la mía, en su intoxicarte aroma, con aquella esencia penetrante como de menta y tierra mojada en pleno verano. Solo pensar en estas cosas me hizo ruborizarme. Las células de mi piel eran conscientes del hombre que descansaba a mi lado en la cama. Me sentí tentada a rodar hacia mi izquierda para dejar de darle la espalda y contemplarlo, pero me detuve.

«No», me reprendí, «no puedo enfocar mis sentimientos en eso. La atracción que tenemos es fantástica, pero esa no es la principal razón por la que estoy con él. Yo no soy ninguna adolescente que se enamora solo por la pasión. Soy una mujer madura que sabe lo que quiere...».

Un ruido de sábanas, suave como aleteo de mariposa, me sacó de mis pensamientos, Anthony había despertado. Me volví hacia él, sus ojos zarcos se clavaron en mí. Me saludó con aquella dulzura infantil tan propia de él cuando estaba de buen humor, le devolví el saludo y me pregunté si tendría mal aliento esa mañana. Por la forma en que me besó, me quedó claro que yo no tenía mal aliento, o tal vez simplemente a él no le importaba.

Esa mañana fue fría. Yo llevaba puesta una chaqueta morada, él un abrigo negro. Mientras él conducía el auto, mis ojos alternaban: el camino al frente, la vista de la calle a mi lado derecho, los números de la radio, vista a un lado, al frente, su mano en la palanca de velocidades y su cara. Se veía tan guapo con aquella expresión seria al conducir. Él estiró la mano, tomó la mía y la aprisionó entre su suave palma y la palanca de velocidades. Suspiré, yo lo amaba por él, no solo por la forma en que me acariciaba el pelo cuando descansaba mi cabeza en su pecho.

«Él es bueno, no sería capaz de matar ni a una mosca, por eso lo amo, porque me trata bien».

Él volteó un momento y me sonrió.

—¿En qué piensas? —preguntó y volvió a depositar la vista al frente en el camino.

—En ti —ronroneé.

Lo amaba demasiado, tanto que me parecía increíble estar enamorada así y por eso no dejaba de pensar las razones para ello; que si era bueno conmigo, que teníamos tanto en común, que sí quién sabe qué. Con él me sentía con la ilusión de quien conoce al primer amor. Él podía hacer que mi cabeza volara como un cohete.

De mis labios escapó otro suspiro de mujer enamorada. El reflejo verde de mis ojos quedó cautivo de él. Entonces noté que algo veló su mirada, igual que nubes de tormenta nublarían una noche constelada.

—¿Todo bien? —le pregunté a Anthony.

—Sí, todo bien —murmuró—. Estas vacaciones fueron una buena idea —comentó y de nuevo sonrió—. Sabes, a veces me siento mal de no pasar más tiempo contigo, pero tú sabes que el trabajo me absorbe, debo vigilar de cerca mi negocio y no siempre...

—Shhh —lo interrumpí—. Mi amor, no me importa la cantidad del tiempo, sino la calidad del tiempo.

«Eso es cierto», afirmó una voz al fondo de mi cabeza, «en especial si ese tiempo lo pasamos en la cama».

Me mordí la lengua. Tenía que dejar de pensar en eso.

—Eres la mejor, Lisa.

Al decir esto último, Anthony se tornó serio. Pude ver en su rostro que se sumió en pensamientos graves. Yo lo conocía muy bien, tanto que siempre me daba cuenta cuando algo le molestaba. Quitó su mano de la palanca de velocidades para ponerla en el volante. De nuevo sentí la necesidad de preguntarle si todo estaba bien. Lo hice con un tono que, aunque era dulce, demandaba una respuesta. Él me respondió:

—No te merezco, no soy bueno para ti.

Por la forma en que sus manos se aferraron al volante, pude ver que se arrepentía de haber dicho eso. Quizá quería que yo no comentara nada pero era tarde, aquel comentario se me quedó incrustado entre ceja y ceja y me molestaba mucho.

—¿Por qué dices eso? Estás muy raro, ¿es que ya no me amas?

Tomó mi mano y la acercó a su boca para besarla.

—No digas eso. Claro que te amo, es solo que...

—¿Hay algo que quieras decirme?

—No me hagas caso —suplicó y depositó otro beso ardiente en el dorso de mi mano—. Lo que dije fue una tontería.

Anthony y yo nos conocimos meses atrás, a mediados de enero, en una librería, en Baltimore. Recuerdo que él no dejaba de mirarme con interés pero a la vez, recuerdo que algo en él me pareció intimidante. No le di importancia y seguí buscando libros. Luego él se acercó y entabló conversación. Ni siquiera recuerdo el libro que usó como gancho para iniciar platica, solo sé que tras la incomodidad inicial, algo entre nosotros hizo que el estar juntos se sintiera natural. Anthony me pidió mi número y se fue, así sin más. No pensé que fuera a llamarme, pero lo hizo, y me invitó a tomar un café.

Aquel día sucedió algo extraño, la conversación entre nosotros se dio como si esa no fuera la primera vez que salíamos juntos. Todo era tan espontaneo, fue tan agradable que nuestras actitudes cambiaran en el transcurso de la noche. Cuando él llegó se veía muy seguro de sí mismo, como gato al acecho, luego se relajó y mostró una faceta dulce como la de un tímido adolescente, después se tornó muy pensativo. Yo pasé de mujer reservada de actitud defensiva, a actuar con la soltura de un colibrí. Algo me decía que estaba bien a su lado, entre nosotros había una conexión. Para el final de la cita, ya estábamos tomándonos de las manos.

Buscar su tacto era algo inevitable, igual que el imán atrae al metal. Entonces él me besó con aquellos labios de seda. Me tomó por sorpresa, en realidad no esperaba un beso, pero fue agradable. Entonces me dijo, "disculpa, no quiero que pienses que busco divertirme y no llamarte más. Es solo que me siento muy atraído a ti. La verdad es que eres mucho más agradable de lo que imaginé y además eres preciosa". Fue una buena primera cita en la que hablamos de muchas cosas. Al despedirse me dijo que se había divertido como no lo hacía en décadas y que quería que nos volviéramos a ver.

Un par de semanas después me dijo que me amaba. Yo al principio no pude corresponder a su declaración, me tomó por sorpresa y me quedé muda, con los ojos tan abiertos como lunas llenas gemelas. Anthony no pareció importarle. "No importa si tú no lo sientes, no me ofende. Yo no te lo dije porque esperara nada de ti. Te lo dije porque lo siento y yo siempre digo lo que pienso". La serenidad con que me dijo aquello hizo del momento algo menos incómodo.

Yo no tardé mucho en corresponderle. Una tarde le llamé para verlo, él dijo que se sentía mal y que quería quedarse en casa sin ver a nadie, así que me acosté temprano. Me desperté en la madrugada con una sola cosa en la cabeza: él. Eran las 2:00 AM. El cielo estaba hermoso, era como un manto índigo de terciopelo decorado por la luna llena. Deseé estar en sus brazos en una noche así. De pronto el espacio de mi departamento me pareció grande, tan frío y tan vacío que lo extrañé de esa manera estúpida y romántica en que extrañan los amantes de las novelas. Ni siquiera lo pensé, solo tomé mi celular y escribí un mensaje, "*También te amo. Que te mejores*".

Nuestra relación fue lo mejor que me pudo haber sucedido, él sacó lo mejor de mí, me volví una mujer más alegre y menos recelosa. Los sinsabores de pasadas desilusiones amorosas, me habían vuelto muy dura. Estando con él, esa coraza que había usado por años, se fue debilitando.

Anthony se volvió un hombre mucho más sonriente y positivo. Al principio tenía una forma tan rígida de ver las cosas. Poco a poco se volvió menos fatalista. Solo a veces parecía triste, como si los pensamientos de su cabeza velaran su entusiasmo. Él tenía muy pocos amigos, era reservado, adoraba a los animales, le gustaba la música y la compañía de un buen libro o una película. Anthony era dueño de una cafetería que permanecía abierta las veinticuatro horas del día. Él prefería estar ahí en el horario nocturno y dormir en la mañana. Me sorprendía la dedicación que le ponía a su negocio.

En una ocasión le cuestioné por qué prefería aquel horario nocturno en lugar de trabajar en la mañana. Anthony me dijo que ya estaba acostumbrado, que se sentía mejor en las horas de la tarde y noche de lo que se sentía en la mañana. Anthony se describía a sí mismo como un lobo solitario. Otra vez le pregunté que desde hacía cuánto tiempo no tenía novia y respondió con una sonrisa, "tanto que ya ni me acuerdo ni me importa. Te tengo a ti y eso es todo lo que interesa". Me gustaba que pese a su temperamento reservado, también podía ser muy divertido. Era ingenioso y siempre me hacía reír.

No sé cómo es que antes no habíamos tomado vacaciones juntos. Aquellos días en Delaware habían sido fabulosos. Mientras Anthony estacionaba el auto, me puse a ver en la cámara las fotos que hasta ese momento había tomado en los días anteriores. Ahí estábamos él y yo en el centro de Dover, con todos aquellos edificios antiguos de fachadas de ladrillo rojo. En otra foto, estábamos junto a los trenes en Georgetown, cerca del mercado latino; en otra foto, había un grupo de venados que divisamos en los alrededores de aquella antigua base militar de la Segunda Guerra Mundial. Él se inclinó para ver una de las fotos.

—¡Qué bonita estás aquí!

—Tú también estás muy guapo.

—Nada de eso, tú eres la bonita.

—Es porque somos como la Bella y la Bestia.

Él se rio. Compararnos a modo de broma con la Bella y la Bestia era un chiste recurrente entre nosotros. Él me dio un beso, luego preguntó:

—¿Estás lista, Bella?

—Lista, mi querida Bestia.

Bajamos del auto. Dentro de mí tuve una sensación de nerviosismo por el nombre de ese lugar, *Slaughter Beach*, me daba un poco de escalofríos. Ese día hacía viento, yo tenía bien cerrado el cierre de mi chaqueta, él llevaba abierta la suya. Queríamos caminar, disfrutar el atardecer y ver si encontrábamos algunos cangrejos herradura.

Un día antes, caminando por la Playa Dewey, vimos varios. Él estaba emocionado, yo le dije que no me parecían la gran cosa. Anthony, con la excitación de quien tiene que corregir un error imperdonable, se puso a hablarme de las peculiaridades del cangrejo herradura. Mencionó que tienen sangre azul, que son fósiles vivientes y muchas cosas más. Él era un apasionado de los animales, sabía mucho de toda clase de criaturas. Tenía buen toque para acercarse a ellos y muy poca paciencia para quienes los maltrataban. Para él, nada había tan valioso y preciado como los animales y sentía un alto respeto por el instinto salvaje.

Caminamos por la orilla. Anthony me dijo que la estaba pasando muy bien en aquel lugar. No me sorprendió, a él lo que más le gustaba eran las actividades en las que pudiéramos observar paisajes naturales y animales. Ese día, como si el cielo hubiera conspirado para complacerlo, teníamos un paisaje precioso, con algunas nubes y una gama hermosa de colores que pintaban la bóveda sobre nuestras cabezas.

Nos quitamos los zapatos, descalzos caminamos en la arena, con el agua acariciando nuestras plantas a cada pisada. Al cabo de un rato me dio frío por lo helada que estaba el agua. La temperatura del mar a él parecía no molestarle en lo absoluto, ni siquiera parecía afectarle que las olas habían salpicado la parte inferior de sus jeans y estaban empapados hasta las rodillas. Él llevaba una gorra que proyectaba una sombra en su cara, como si se resistiera a que el más mínimo rayo de sol lo tocara. Un detalle muy propio de él era su eterna antipatía por el sol. Él solía decir, "lo siento, me quema, me hace estornudar; lo detesto". Quizá fue por eso que no quiso que fuéramos antes a la playa, sino hasta octubre, en que el viento ya sopla frío, como un presagio del invierno que en las semanas venideras impondría su reinado estacional.

Qué agradable era el tiempo al lado de Anthony, me gustaba contemplarlo relajado, escrutando el horizonte con aquella mirada atenta de halcón. De repente se emocionaba mientras apuntaba el cascajo de algún cangrejo herradura. Me gustaba su entusiasmo, pero también me gustaba cuando de pronto se quedaba quieto para admirar algo y se tornaba silencioso e inescrutable como si en realidad estuviera ausente.

Nos sentamos en la playa. Me quedé viendo el horizonte por un largo rato hasta que eché de menos el color de sus ojos. Me volví hacia él y lo descubrí con aquella expresión melancólica, parecía lejano, tanto que no lo encontré por más que me asomé a las ventanas de sus ojos.

—¿En qué piensas? —pregunté.

Anthony salió de su ensimismamiento, pero a diferencia de otras veces en que caía en esos transes y me sonreía al regresar, esta vez su rostro se mantuvo severo y los ojos vacíos se le llenaron de pesar. Algo estaba mal. Últimamente ese espectro de pesar lo poseía más a menudo. Yo solo esperaba que no fuera nada serio, lo último que quería era tener un problema estando de vacaciones. O peor aún, que hubiera algún motivo de discusión. Odiaba cuando peleábamos, no es que lo hiciéramos con frecuencia, nosotros nos entendíamos muy bien, pero también nos enojábamos como cualquier pareja. En realidad nos enojábamos muy rara vez, pese a que ambos teníamos personalidades apasionadas.

Anthony comentó:

—No me lo tomes a mal, pero últimamente me he estado preguntando mucho por qué te amo y también por qué me amas.

Vaya casualidad que él también pensara en eso. De pronto me preocupé, me dio temor que quizá de un momento a otro, me dijera que ya no me amaba y la sola idea me dolía.

—¿A qué te refieres? —Lo cuestioné con un hilo de voz— ¿Ya no me amas?

—¡Por supuesto que te amo, de eso que jamás te quede duda! Pero es que...

Anthony se interrumpió, yo me mantuve a la expectativa, demandándole con cada fibra acuosa de mis ojos que estaban clavados en él, que me respondiera.

—Tener una relación no estaba en mis planes.

—¿Qué me quieres decir? —Repliqué molesta— ¿Ya no quieres estar conmigo o qué?

—Yo no he dicho eso. Lo que digo es que yo era un solitario que no buscaba tener una relación. Tú fuiste la mejor sorpresa que he tenido en mi vida.

Anthony se veía apesadumbrado, lejos de verse como el hombre enamorado que diría algo como lo que acababa de decir.

—A veces no entiendo por qué me amas.

Se hizo un silencio incómodo. Sentí que debía decir algo. Traté de ordenar mis ideas.

—Bueno, te amo porque tienes muchas cosas que me gustan. Es genial estar contigo.

Él replicó cabizbajo.

—Pienso igual. Quizá estamos hechos para estar juntos.

—Sí —asentí con una radiante sonrisa—, porque así debe ser, como en las novelas; estamos hechos para estar juntos.

—¡No! Tú no sabes todo de mí, quizá hay cosas que te alejarían para siempre. Yo no puedo seguir haciendo esto.

—¿Qué clase de cosas?

Tras un largo silencio comentó:

—Tal vez no soy tan buena persona. Tal vez...

—¿Tal vez qué? —pregunté lacónica y bajé la cara.

Me quedé quieta mirando hacia el suelo. Mis dedos jugueteaban con la arena, tomaba puñados y los dejaba escapar, de nuevo tomaba arena y la dejaba irse entre mis dedos. Él seguía en silencio, yo tomé otro puñado de arena y lo dejé desmoronarse, como si quisiera que aquellos granos fueran las arenas del tiempo y aquel momento terminara rápidamente. Él dijo mi nombre, yo apenas y levanté la cara, tenía ganas de llorar. Mi cuerpo temblaba como si me estuviera preparando para recibir un golpe que me dejaría tendida en la playa.

—Vamos, no estés así.

—¡¿Y cómo quieres que esté después de lo que me has dicho?!

Él me tomó de la mano, la apretó contra su pecho.

—Soy un egoísta, la felicidad que tengo a tu lado es tanta que no quiero soltarla. Te amo y te quiero para mí, pero quizá yo no tengo ese derecho... perdóname, no debí decirte nada.

Se levantó y caminó hasta la orilla del mar, dejó a mi lado su gorra y sus tenis. Ahí se quedó, de pie con los pies descalzos casi tocando el agua, con aquella expresión severa mirando el mar. Yo no me atreví a seguirlo, en vez de eso, abracé mis rodillas. Aquel día, hasta ese momento, había sido muy bonito. ¿Por qué habíamos tenido aquella conversación? Necesitaba entender qué ocurría, Anthony me escondía algo, a lo mejor me había sido infiel y ahora tenía sentimientos de culpa. En mi corazón me pregunté si acaso podría perdonarlo.

Tras reflexionar por un rato sin llegar a ninguna respuesta, levanté la cara, él seguía de pie junto al agua, pero ahora sus ojos estaban posados en mí. Lo escuché decir mi nombre y me hizo una seña de que me acercara.

«Okay, ya voy», pensé.

Me sacudí la arena de los jeans y me dirigí a su lado. Una vez que estuve frente a él, Anthony sonrió, me rodeo con sus brazos.

—¿Hay algo que quieras decirme? —dije con frialdad.

Me liberé de su abrazo, pero no del todo, porque Anthony sujetó mis manos, y por la manera en que lo hacía, comprendí que no quería soltarme. Por desgracia, a pesar de tener todas aquellas dudas en mi cabeza, yo tampoco quería soltarlo. Sentía que para poder hablar debía existir un contacto físico, y si me liberaba, el vínculo entre nosotros se rompería.

Lo que siguió después fue una lista de preguntas: ¿estás casado? ¿Tienes hijos? ¿Te buscan las autoridades? ¿Me has sido infiel? ¿Estás asociado con criminales? En respuesta obtuve "no", "no", "no", "jamás" y "no". La situación comenzaba a fastidiarme, ahora él quería que actuara como si nada hubiera pasado, pero estaba loco si creía que iba a olvidar lo ocurrido tan fácil. Oh no, yo no estaba dispuesta a detenerme sino hasta saber la verdad; estaba harta de sus estúpidos lapsos de melancolía. Él había sembrado una duda en mí y yo no podía estar tranquila. Tras un rato de preguntas y reclamos, él guardó silencio. Luego comentó:

—Yo sabía que este momento debía llegar. Es de esperarse que mientras más tiempo pasa uno en una relación, menos son las cosas que te puedes callar. Me hubiera gustado no decirte nada, pero siento que no es justo para ti. No quiero ocultarte nada pero sé que si te digo la verdad, te perderé. Por eso es que quisiera hacerte una petición. Te prometo que te diré todo mañana en la noche, solo quiero que disfrutemos el tiempo de vacaciones que nos queda. Por favor, Lisa, si de verdad me amas, déjame tener un rato más de felicidad juntos. Mañana en la noche, lo sabrás todo, entonces podrás decidir si aún quieres estar conmigo.

Me tomé un momento para meditar cada palabra que salió de su boca, fue un momento largo en el que no hicimos nada más que mirarnos en silencio, tomados de las manos, como si fuéramos incapaces de soltarnos y al mismo tiempo con cierta tirantes de quien quiere escapar. Mis ojos se fijaron en el suelo, como si quisiera buscar la respuesta a su petición escondida en la arena. El viento jugueteaba con mi cabello rojizo, soplaba fuerte, como si estuviera furioso conmigo y quisiera arrancarme el pelo. Tomé aire y de nuevo volví a mirar a Anthony. Ahí estaba, con aquella expresión de un condenado que pide un momento de felicidad antes de asumir su castigo.

No le dije ni una palabra, me aproximé a él y rodeé su cuello con mis brazos. Sentí su corazón contra mi pecho y sus manos en mi espalda. Sin decir palabras accedí a disfrutar juntos el tiempo que me había pedido. Ambos sabíamos que al llegar el fin del plazo, él tendría que decirme todo. Nos quedamos ahí de pie junto al mar, no hicimos más que abrazarnos y besarnos, mientras que a nuestro alrededor el viento seguía soplando frío y el sol iniciaba su hundimiento.

Anthony susurró un "gracias" en mi oído. Lo besé con pasión, como si quisiera borrar todo a nuestro alrededor excepto a nosotros, él me devolvió el gesto con la misma euforia. Pronto sentí su erección contra mi cadera y fui consciente del ritmo acompasado con el que ambos respirábamos. Entonces me dije que él no era el único que merecía un último momento de dicha, también yo lo quería.

Pocas veces en mi vida me había sentido tan atada a alguien, como me sentí a él aquella tarde. No era solo lo mucho que nos divertimos buscando cangrejos herradura, o aquella rara conversación, o el besarnos frente al mar. Era algo más, algo inexplicable, algo invencible, algo que no tenía razón. La idea de alejarme de él me hacía miserable. Amaba a aquel hombre con frenesí. Esperaba que la verdad su revelación no fuera un trago tan desagradable.

Ya en la noche fuimos a cenar a un bar en Rehoboth Beach. Yo casi no tenía hambre, apenas me comí la mitad de mi cena. Anthony no comía mucho, de hecho yo jamás lo había visto comer con entusiasmo.

Esto me parecía inusual, tomando en consideración lo fuerte que era, su estatura y complexión. Aquella noche pidió un filete; a él no le gustaban las cosas cocidas, en especial la carne, siempre la pedía casi cruda y hacía mucho énfasis en ello. Tomé mi cerveza a sorbos, él estaba concentrado en el pedazo de carne roja que tenía enfrente. Yo me fijé en su boca, tenía los colmillos algo elevados. Durante la cena, nos observamos mucho y platicamos poco. Anthony y yo por lo general hablábamos con soltura, en cambio aquella anoche nuestra conversación fue escasa.

De regreso en el hotel, él se puso a ver las noticias, yo le dije que tomaría un baño. Entré en la regadera, abrí la llave. El agua corrió sobre cada pulgada de mi piel. Me quedé inmóvil, con los ojos cerrados, quería que el agua caliente me sacara de los huesos una fría sensación que no me dejaba desde horas antes. Tan concentrada estaba en ello que no noté su presencia hasta que sus manos emergieron detrás de mí, primero acariciando mi espalda, después la cintura, los brazos y los senos. Me giré hacia él y sin saber por qué, me eché hacia atrás y me cubrí con los brazos en actitud defensiva.

Toda la situación se sintió un tanto incómoda. Sus brazos me alcanzaron con la delicadeza de quien toca una pieza invaluable. Sus manos tocaron mi cuello, me acarició la barbilla. Se acercó a mí, con la intención de besarme. Traté de detenerlo, le dije que no, Anthony insistió, se acercó más y depositó un beso muy suave. El contacto con sus labios fue como una descarga eléctrica, y me pregunté por qué me besaba como si se estuviera despidiendo. No pude evitar sentir una ola de nostalgia invadiéndome. En ese momento, con la velocidad del pensamiento, me dije que sería muy doloroso tener que separarme de él.

Fui débil ante su encanto, su delicioso contacto hizo que mis barreras se desplomaran y solo quise tocarlo. Le devolví el beso, lo besé un poco más y un poco más, hasta que dejé de usar mis brazos como escudo para emplearlos como red y atrapar en ellos a Anthony y así atraerlo a mí, tan cerca que nuestros corazones pudieran susurrarse latidos uno al otro.

Sus manos se aferraron a mi espalda. Me levantó como a una muñeca, yo me sujeté a él con las piernas. Me tomó, fuerte y vigoroso, quería saciar su sed de mí con la intensidad de quien cree que no hay mañana, me lo decía en cada beso, en el ritmo de su profunda respiración, así que me di toda a él. Olas de placer nos envolvieron. Me aferré a aquel abrazo con fuerza. Era como si fuéramos siameses compartiendo los latidos de un mismo corazón, dependiendo uno del otro para respirar, fundidos desde la piel hasta el alma.

Terminé de secarme el cabello, lo miré en el reflejo del espejo y sonreí. Él descansaba en la cama. Yo tenía puesta mi pijama de algodón de pantalón rosa y camisa de manga larga. Era un pijama poco sexy pero muy cómoda para dormir, eso era lo que quería después de aquel día lleno de emociones. Me dirigí a la cama, él se incorporó y quedó sentado. La expresión de su rostro era severa.

—Tengo que decírtelo ahora.

Las manos y la cara se me pusieron frías. Esto no sería bueno. Su gesto se tornó sombrío.

—Hicimos un trato, no tenemos que hablar de cosas serias hasta mañana en la noche.

—Soy una bestia —anunció.

—Sí, ya sé y yo la Bella.

—Hablo en serio, soy una bestia y soy peligroso.

La forma en que lo dijo fue determinante, supe que no estaba bromeando. El frío de mi cara se extendió hasta mi cuello, en un segundo imaginé el encabezado en las noticias, "Mujer asesinada en hotel". No sé si él notó el cambió en el ritmo de mi corazón, yo hice un esfuerzo por mantenerme serena mientras me preguntaba qué hacer en caso de estar en peligro. Recordé un video de seguridad sobre qué hacer si hay un tiroteo, las recomendaciones se resumen en tres palabras: corre, escóndete y pelea. No estaba segura de si correr era una opción. Esconderme, tampoco. Solo quedaba pelear. Tenía que ser lista y negociar, o gritar, o escapar, o usar como arma lo que fuera si acaso él se tornaba violento.

—Lisa, hace tiempo que me pregunto por qué te amo. Pensé que me enamoré de ti porque hace mucho que soy un solitario. He tratado de decirme que quizá esto no es real, que estoy siendo dependiente, sin embargo eso no es cierto. Te amo por ti, por quien eres. Te amo mucho más de lo que pensé que amaría a alguien en mi vida y ahora no sé qué hacer. En la vida real la Bella no puede amar a la Bestia, porque un amor así solo puede traerle destrucción y pesar.

—¿Por qué dices eso? —pregunté con cautela.

Su rostro se descompuso en una mueca dolorosa. Él tenía los puños apretados. El miedo hacía que me temblaran las piernas, tenía frío, era como si el cuarto se hubiera vuelto un enorme congelador y yo me estuviera congelando.

—Porque es la verdad, soy un monstruo, yo... —apretó los labios y se puso de pie— Mejor en vez de explicarte te muestro.

Se quitó la camisa. Lo que siguió después fue algo inesperado; él se encorvó un poco, todo su cuerpo se cubrió de vello, sus manos se volvieron garras, su boca hocico, sus colmillos de por sí puntiagudos, se convirtieron en enormes colmillos de monstruo carnicero y todos sus dientes se hicieron más agudos. Sus orejas se hicieron puntiagudas como las de los lobos. Apenas y pude contener un grito de terror, lo que tenía frente a mí en efecto era una bestia, un hombre lobo. Él se movió a cuatro patas.

—Bien, me da gusto que no hayas gritado.

Claro que no podía gritar, ni siquiera podía hablar. Anthony se sentó frente a mí en el suelo, se veía como un enorme perro antropomorfo. Su mirada se clavó en mí como un puñal azul. Sus ojos dejaban expuesta la naturaleza letal de un depredador.

—Esto es lo que soy —comentó con voz ronca—. Quizá ahora entiendas mejor por qué casi no tengo amigos o mi aversión al sol. Soy un monstruo nocturno, el sol me debilita. No puedo hacer amistad y arriesgarme a que otros sepan qué soy. Me alimento de la carne de mis presas, eso incluye humanos como tú, Lisa.

No sabía qué hacer, me senté en la cama. Mis manos se aferraron al colchón. El *"Corre, escóndete, pelea"* quedó obsoleto en un segundo. No me quedó más que aceptar que estaba jodida.

Se hizo un largo silencio, me sentía engañada. ¿Qué se supone que debía hacer en aquel momento? Él era un monstruo y me daba miedo. Podía escuchar el tic-tac del reloj resonando por todo el cuarto; el murmullo de la televisión era algo incoherente en mis oídos. Anthony me pidió que dijera algo.

—¿Por qué eres un hombre lobo?

—Por mala suerte. Mi padre tuvo el desacierto de hacer negocios con un hombre lobo. Mi padre hizo algo malo, le robó dinero. Él en venganza, me contaminó con su sangre. Yo ya era un hombre de treinta años. Aquel licántropo sabía que mi padre me adoraba y que algún día yo heredaría sus bienes.

—¿Cómo es que te convirtió?

—Una noche me atacó bajo su forma de hombre lobo, luego se lastimó a sí mismo y contaminó con su sangre mis heridas.

—¿Hace cuánto ocurrió eso?

—Un poco más de cien años. Desde entonces soy lo que soy y vivo solo.

—¿Qué pasó con tu padre? ¿Él se enteró de lo que te ocurrió?

—Sí, solo él lo supo. Una noche discutimos, no pude controlarme y lo ataqué. Nosotros tenemos instintos animales intensificados, es difícil controlar sentimientos como la ira. Por suerte pude detenerme a tiempo y no lo herí de gravedad. Él no volvió a verme con los mismos ojos, la culpabilidad lo hizo infeliz. Hasta el último día de su vida se arrepintió de lo que había hecho y de cómo sus errores me habían afectado a mí, que era inocente. Después de que murió, yo repartí mi herencia entre obras de caridad, no quería el dinero por el que yo había recibido esta maldición.

—¿Por qué no me lo dijiste antes?

—Porque quería estar contigo y temía tu reacción.

—¿Y ahora qué se supone que suceda? —exclamé

Esa fue una reacción inesperada hasta para mí, fue como si el hielo del frío que me cubría de pronto se hubiera roto en pedazos, para dejar salir de golpe todas las emociones acumuladas en mí.

—No lo sé.

—Me engañaste.

—No quise hacerlo.

—Mejor te hubieras alejado de mí, me hubieras dado cualquier excusa, quizá decirme, "no te quiero, ya estoy harto de ti". ¿Cómo pudiste ocultarme algo así?

—¡No lo sé! —Bramó— Me enamoré y seguí adelante con esta relación sin importar consecuencias. Sé que actué de manera egoísta y lo siento.

—¡Egoísta! Me mentiste, ¡eres un mentiroso!

—Lo hice por amor, ¡y qué! ¡Demándame!

—¿Por qué me invitaste a salir, en primer lugar? Yo iba a ser tu cena de esa noche, ¿no es así?

No dijo nada, yo demandé una respuesta, él seguía sin contestar. Volví a preguntarle, pero él se limitaba a mirar a las paredes, a la alfombra y al techo, como si quisiera encontrar algo que lo sacara de la presente situación.

—¡Contéstame! —le grité.

—¡Sí, es verdad, tú ibas a ser mi maldita cena de esa noche!

Me eché a llorar. La rabia también era helada, pues mis manos no dejaban de temblar y mis dedos estaban casi entumidos. Anthony parecía molesto. De su garganta emanó un gruñido. El miedo me hizo temblar aún más.

—¿Te alimentas de carne humana? —pregunté entre gimoteos y llanto.

—Sí.

—Pero te he visto comer comida de personas.

—He aprendido a tolerarla por cuestiones sociales. Me sabe mejor mientras más cruda esté. Son contadas las cosas que me gustan de la comida humana. Además no me nutre. Necesito sangre y carne fresca de mis presas.

—¿Y no sientes remordimiento?

—No. Soy un depredador y sigo mis instintos, igual que tantos otros que hay. Yo no soy un ser humano, soy fiel a mi propia naturaleza salvaje, así que no siento nada. ¿Qué se supone que haga? ¿Alimentarme de animales y nunca de humanos para demostrar alguna clase de bondad? Eso no tiene sentido, ¿por qué habría de respetar la vida humana y ver bien alimentarme de animales? Los humanos no son mejores que las bestias, hay algunos que incluso son peores monstruos que yo. El ser humano puede ser un cáncer hasta para sí mismo, un parásito cruel sin piedad. Yo no veo por qué habría de sentir respeto por el ser humano como para contener mi naturaleza y limitarme a cazar animales, los cuales a veces me inspiran mucho más respeto. Yo sigo mis instintos igual que cualquier otro animal salvaje, que cuando tiene hambre, mata. Además, no tienes idea de lo que provoca en mí el simple olor de la sangre humana.

Ese último comentario me llenó de terror. Me preguntaba si acaso no se estaba saboreando mi sangre. Me sentí como un ave vulnerable enfrente de un gato. Se hizo un largo silencio. Yo no dejaba de mirarlo con resentimiento. Él suspiró.

—El que sea un hombre lobo cambia todo.

—¡Claro que cambia todo! Ya no puedo verte como lo hacía antes.

Volvió a suspirar.

—Nunca te debí decir nada. Mejor me hubiera quedado callado. A lo mejor nuestra relación ni duraba más que un par de meses más.

Ese comentario me golpeó fuerte en la cabeza, de nuevo el mar de emociones que se arremolinaba en mi interior dio un vuelco con fuerza; el terror se hundió y la ira emergió a la superficie.

—O sea que ya estabas pensando en terminar conmigo. Tan poco significa mi amor que crees que lo nuestro era pasajero.

—Yo no dije eso —protestó—, no pongas palabras en mi boca. Es una situación hipotética.

Entonces ataqué con aquel furor que a veces mostramos las mujeres cuando insistimos en un punto que nos hace enojar mucho.

—¿Qué era todo esto, un juego para ti? Yo he sido honesta todo este tiempo, mientras que tú me ocultaste cosas, ¡mentiroso!

—¡Ya basta! —Rugió— Estás haciendo esto más complicado de lo que es. Yo jamás he jugado contigo. Nuestro problema es otro, ¿qué no lo ves? —al decir esto último se apuntó a sí mismo.

—Claro que lo veo, Einstein. ¡No me hables como si fuera estúpida!

Se hizo un silencio, yo no sabía cómo lidiar con todo lo que sentía en aquel momento. Tomé una gran bocanada de aire y me obligué a mí misma a calmarme.

—¿Y ahora qué va a pasar con nosotros? —preguntó Anthony.

—Dímelo tú.

—Bueno, en el fondo, tenía la esperanza de que me aceptaras como soy.

—¿Pretendes que acepte que eres un asesino? Lo dices como si fuera nada. Descarado, eres un monstruo.

—Ya sabía yo que el que supieras la verdad acabaría con nuestra relación.

—¡Yo no quiero estar con alguien que quiere convertirme en su cena!

Este comentario dio otro vuelco al océano de mis emociones, el miedo volvió a flotar sobre las olas y por encima de la ira.

—¡Yo no quiero cenarte!

—No te creo —sentencié, las lágrimas se me salían—, el fin de todo esto es matarme, ¿por qué no lo haces de una vez? ¡Hazlo!

—¡Lisa, ya basta de drama!

—¡Mátame! Eso es lo que quieres, ya no lo hagas más largo.

—No me provoques.

—¡Eres un monstruo! ¡Un monstruo! ¡Mátame, hazlo!

Lo que sucedió después fue muy rápido, solo vi un rayo gris abalanzarse sobre mí, sentí un tirón y antes de que me diera cuenta ya estaba en el piso con mi brazo derecho atrapado entre sus fauces. Anthony me tenía sometida. Grité de terror, él gruñó y soltó mi brazo. Me llevé las manos a la cara en un reflejo de autoprotección y apreté los ojos.

—¿Esto es lo que quieres que haga? —Exclamó con un tono siniestro— ¡Mírame a la cara!

Abrí los ojos, contemplé sus fauces y los blancos colmillos, gimoteé presa del miedo, no podía articular palabras.

—¡¿De verdad quieres que te mate?!

—¡No! —Chillé— No... no me lastimes.

Él se echó para atrás, yo seguí en la misma posición.

—Bien, porque no quiero acabar con tu vida.

Anthony se incorporó y volvió a su forma humana, yo me senté en el suelo. El brazo me dolía, estaba goteando sangre. Me puse la mano izquierda sobre la herida, era profunda. Vulnerable y asustada, no me atreví a decir una palabra. Él se paseaba de un lado a otro, parecía muy molesto. Se llevó ambas manos a la cabeza, sus dedos se aferraron a sus cabellos como si quisiera arrancárselos, luego se volvió a mí.

—Vamos, te llevaré al hospital.

Asustada, me eché hacia atrás, me moví por el suelo. Pronto mi espalda tocó el borde de la cama. Él se puso en cuclillas a mi lado, quiso tocar mi brazo, yo lo aparté, Anthony insistió. Me ayudó a incorporarme, yo me quedé de pie sin decir nada, él corrió por una toalla pequeña del baño y la puso contra la herida. Pude notar que cuando hizo esto, sus ojos quedaron fijos en la carne desgarrada y lo escuché pasar saliva. Un escalofrío recorrió mi espalda. Literalmente, me sentí como un pedazo de carne. Anthony bajó la vista y me preguntó si quería cambiarme de ropa, le contesté que no con un movimiento de cabeza. Luego él corrió por mi chaqueta y la colocó sobre mis hombros.

En la sala de emergencias me dieron unos cuantos puntos y me vendaron. El doctor que me atendió preguntó si me había atacado un perro, yo respondí:

—Sí, un estúpido perro malo.

Anthony se notaba avergonzado, yo me negué a decir una palabra más o entrar en detalles. Anthony se quedó a mi lado, él casi no habló. Cuando el doctor comentó que sería necesario aplicarme vacunas contra la rabia, Anthony le afirmó que no sería necesario. Yo le clavé la vista a Anthony recriminándole la situación, él se encogió de hombros y tras repetir que no había riesgo de rabia, volvió a sumirse en el silencio. A ratos me miraba con melancolía, luego se quedaba pensativo y ausente.

Unas horas después ya estábamos de regreso en el hotel. Anthony me llevó a la cama. Me dedicó una larga mirada dolorosa, después se dirigió hacia el espejo y se quedó ahí de pie.

—Siento mucho todo esto —murmuró, se dio la vuelta y me miró fijamente, tenía los ojos vidriosos—. La primera vez que te vi pensé que eras muy bonita y sí, lo admito, pensé que la atracción que sentí hacia ti era porque quería comerte. Luego nos vimos y descubrí que no era así, lo que sentí fue amor a primera vista. Llámame cursi si quieres, pero así fue. Desde hace muchas décadas que vivo con esta maldición, jamás había sentido por nadie lo que siento por ti. Pensé que no habría problema. Fue una imprudencia, yo soy un licántropo y tú humana.

Emitió un suspiro tan doloroso que me caló en el corazón como si fuera mi propio suspiro. Se mordió los labios, se llevó las manos a la cintura. Tomó su cartera, sacó todos los billetes que tenía ahí, los puso sobre la cajonera y las llaves de su auto encima de ellos. Prosiguió:

—Disfruté mucho estar a tu lado. Los días que pasé aquí en Delaware contigo fueron los más maravillosos de mi vida. Te voy a dejar las llaves del auto y lo que me queda de efectivo para que puedas volver a casa mañana. Yo me voy a quedar un tiempo más aquí, luego no sé lo que haré, lo que sí sé es que cuando regrese a Baltimore, me desharé de todo lo que tengo y me iré a vivir otra parte; no puedo estar más en esa ciudad, ahí es donde tú vives, donde te conocí. Hay recuerdos de nosotros en todas partes.

Se encaminó a la puerta, la abrió y me dedicó una última mirada.

—Gracias, Lisa, adiós.

Él se marchó y yo me quedé ahí en silencio, respirando el olor del desinfectante aplicado en mi herida. Apreté los ojos y aspiré fuerte aquel olor, como si buscara en sus notas curativas algo que pudiera aliviarme el corazón, que tenía hecho pedazos.

Al día siguiente me desperté con el radio despertador, lo primero que escuché fue la voz de Steve Perry cantando *Open Arms*. Miré a mi lado como si esperara encontrar a Anthony dormido a mi lado y así descubrir que todo había sido un mal sueño, pero su espacio estaba vacío. Me incorporé, observé que sobre la cajonera estaban las llaves del auto. Volví a acostarme, me quedé en la cama sin hacer nada más que escuchar la música y pensar en todo lo que había sucedido.

Más tarde me levanté y me lavé la cara y los dientes, no tenía intención de desayunar, no tenía hambre. Mientras me aseaba me miré al espejo, me pregunté cómo había sido posible que lo amara si en realidad era un monstruo.

«Porque hasta ayer no lo sabía», me respondí.

Repetí la palabra, "monstruo", parecía imposible de asociar con el hombre dulce y divertido del que me había enamorado; "monstruo", sonaba casi a insulto; "monstruo", lo que era Anthony. A pesar de eso lo extrañaba, tanto que comencé a preguntarme si acaso no había sido muy dura en juzgarlo.

«¡Él quería cenarte!», gritó una voz en mi cabeza, «No seas tonta... Sí, es cierto, quería cenarme, sin embargo no lo hizo».

Quizá todo lo que dijo de su amor por mí era autentico. Pero eso no cambiaba el hecho de lo que él era. De cualquier forma, se había marchado, cualquier cosa que pensara o tratara de hablar con él ya no tenía caso. Me vestí lentamente y arreglé mi maleta. También arreglé la de él, no sé por qué. Me encargué de que ambas fueran puestas en la cajuela del auto y me dispuse a partir.

Todo el camino de vuelta a casa no hice más que pensar en él.

«Es un hombre lobo, es peligroso, mejor aléjate de él y no hables de esto con nadie».

Lloré, me dolía haberlo perdido. Durante todo el camino de regreso me mantuve firme en mi convicción de que lo mejor era no saber más de él. No fue sino hasta que estaba cruzando el puente de la bahía que nuevas dudas me asaltaron. Anthony había sido siempre muy bueno conmigo y me hacía reír.

Me puse a pensar en mi vida amorosa. En el pasado, había tenido citas con diferentes hombres, con los que no pude establecer una relación duradera porque desde mi punto de vista, ninguno valía la pena. Ninguno fue compatible conmigo. Yo no tengo tolerancia para vanidosos ni para majaderos; con otros no tenía nada en común. Juzgué a algunos de aburridos, a otros de estúpidos. El punto es que quizá simplemente nunca hubo una conexión. Con Anthony no fue así, él y yo hicimos una buena pareja desde el principio y teníamos tanto en común. Él me entendía como nunca antes nadie lo hizo. A su lado me sentía feliz y motivada a ser mejor persona.

Mis manos apretaron el volante. Por un momento quise detenerme a pensar, tenía muchas ideas encontradas en la cabeza. Me repetía que no podía esperar nada bueno de un licántropo, él era un monstruo con fuerza asesina. Lo que me hizo en el brazo no era nada, él es capaz de mucho más. Ya no quería pensar más en esas cosas, si tan solo deshacerme de mis ideas fuera tan sencillo como abrir la ventana y arrojarlas para que se perdieran en las aguas de la bahía de Chesapeake.

Crucé el puente. Me sentía confundida, no podía dejar de pensar. Un día antes me había preguntado las razones por las que lo amaba y ahora me preguntaba por qué me aferraba a él. ¿Por qué dolía tanto? ¿Por qué era tan difícil soltarlo? Lo recordé frente a mí, con aquel aspecto lobuno diciendo "tenía la esperanza de que me aceptaras como soy", sus palabras rebotaban dentro de mi cabeza.

Detuve el auto a la orilla del camino y rompí a llorar, quizá me había precipitado, pero es que toda la situación me tomó por sorpresa, me asusté y perdí el control. Quizá él merecía una oportunidad, lo nuestro merecía una oportunidad.

Me sequé las lágrimas. No sé si lo que sentía por él me hizo perder la razón, porque decidí que la lista de las cosas buenas era muy pesada para renunciar a él. Antes siempre había sido muy dura al juzgar a los hombres con los que salía, con él no podía, ¿por qué? Porque lo amaba, solo eso. No había razón, lo amaba y nada más. Puse el auto en marcha, tenía que regresar a Delaware.

Me detuve solo una vez para cargar gasolina. Tan pronto estuve en Lewes, me tomé un momento para pensar dónde podría estar. Supuse que tal vez en alguno de los lugares donde estuvimos juntos. Tenía sentido. Anthony era sentimental, si me amaba tanto como yo decía, sin duda estaría en algún sitio significativo para los dos, algún lugar que le trajera buenos recuerdos. Así, me di a la tarea de recorrer cada lugar en el que hubiéramos estado.

Recorrí centros comerciales, manejé hasta Georgetown, fui a aquel mercado latino, cerca de las vías del tren, donde Anthony y yo nos tomamos muchas fotos, pero él no estaba ahí. Di varias vueltas por la calles esperando verlo. Di vueltas en el auto por Lewes, caminé por Dewey Beach, luego recorrí las calles y me paseé por el malecón de Rehoboth Beach sin éxito. Manejé por toda el área, fui a cada restaurant de comida rápida y a Food Lion. Me quedé un rato en cada lugar, por si acaso de repente llegaba, pero no lo encontré.

Cayó la noche. Estaba en el cine. Bajé del auto y compré un boleto, entré y me las ingenie para asomarme a todas las salas, pero él tampoco estaba ahí. Regresé al auto y me senté frente al volante con la esperanza perdida. Tenía que pensar, todavía me faltaban lugares que revisar. Recordé un día que fuimos a Dover, caminamos por el centro histórico y después fuimos al casino. ¿Por qué no lo busqué en Dover? Me pregunté qué otro lugar me faltaba por revisar.

De repente pensé en el día anterior, la tarde que pasamos en Slaughter Beach buscando cangrejos herradura.

«Ahí fue donde todo se puso mal. Por supuesto, ¿cómo se me olvidó?».

Metí la llave, la giré y el motor se encendió. En la radio escuché la voz de Madonna cantando *Crazy for you*, esto hizo que tuviera un buen presentimiento.

Manejé hasta el mismo lugar que el día anterior y me estacioné en el mismo espacio. Descendí del auto, el rumor de la marea me recibió junto con la gélida brisa nocturna. El cielo estaba claro, la luna creciente brillaba en el cielo. Saqué mi teléfono celular, lo encendí para utilizarlo como lámpara, en realidad no ayudaba mucho a alumbrar mi camino, pero al menos era algo. Tenía miedo, apuntaba con el celular en todas direcciones, la nítida luz no me permitía ver nada. Seguí adelante.

De pronto distinguí una silueta, era un hombre de pie frente al mar, con el agua hasta las rodillas. El corazón me dio un vuelco, me acerqué y llamé su nombre. Él volteó a verme, yo me quedé a unos pies de distancia, lejos del agua helada.

—¿Qué haces aquí?

—Quiero hablar contigo.

—¿Para qué? —Preguntó cortante— Tú no me quieres en tu vida.

Anthony estaba herido, no podía verlo en su cara por la falta de luz, pero podía sentirlo en su voz.

—Me equivoqué —dije.

Tuve que dar un salto atrás, una ola se había acercado demasiado a mí y casi me mojó los zapatos.

—¿Podrías acercarte a la orilla, por favor?

Él pareció dudar, luego suspiró resignado y caminó en mi dirección. Se quedó a unos seis pies de mí, con los pantalones chorreando agua. Me apreté las manos, tenía un nudo en la garganta. Nos miramos en silencio, yo estaba temblando. Ahí frente a Anthony fui consciente de lo mucho que su sola presencia me afectaba. Yo no podía calmar mi nerviosismo. Me armé de valor y dije:

—Siento mucho haber actuado como lo hice. Tu revelación me tomó por sorpresa, estaba asustada. De verdad lo siento. Sé que esto es una situación increíble y a lo mejor estoy loca por decirlo, pero yo te amo, tal y como eres.

Por un momento Anthony pareció feliz. Luego se pasó las manos por la cara y se tornó melancólico de nuevo.

—Yo también te amo, más de lo que te puedes imaginar, por lo mismo me duele mucho tener que aceptar que lo nuestro es imposible. Somos de naturalezas muy diferentes, tú eres una mortal humana y yo un monstruo. Lo mejor es que cada quien tome su camino.

Bajé la cabeza, sus palabras me habían golpeado como flechas de acero.

—No tiene que ser así —murmuré apesadumbrada.

—Es la realidad, Lisa —afirmó con voz triste—, nosotros no podemos estar juntos. Por un momento pensé que habría una esperanza, pero fue una ilusión, la realidad es que somos muy diferentes y eso nos separa.

Quise llorar. Mi nerviosismo hizo que me sudaran las manos. Me pasé las palmas humedecidas por el pantalón.

—Supongo que no hay manera de que dejes de ser un hombre lobo.

—No, no la hay.

Guardamos silencio un momento, fue apenas un minuto que para mí duró como si fuera una dolorosa hora. Me puse a pensar en todo lo que me había dicho, su negativa para estar conmigo y las razones. Me rehusé a estar lejos de él, yo lo amaba, debía existir una forma de estar juntos. Entonces, tuve una idea, levanté la cabeza y dije con seguridad:

—¿Y si me convirtieras?

Él se quedó boquiabierto, volví a repetir mi pregunta.

—No, Lisa, eso no.

—¿Por qué no? Si otro licántropo pudo transformarte, de seguro tú puedes hacer lo mismo conmigo.

—No, Lisa, no voy a hacerlo. Te hice daño una vez y no tienes idea de lo mucho que me odié a mí mismo por eso. Preferiría clavarme un puñal de plata en el corazón antes que volver a lastimarte.

—Anthony, no sería malo si, a fin de ser como tú, yo te pidiera y te permitiera que me hirieras. De cualquier forma no será necesario que me lastimes.

Dicho esto, me quité la chaqueta, me subí la manga y me desprendí el vendaje que tenía en el brazo. Luego procedí a arrancarme los puntos. Me dolía, sin embargo estaba motivada. Después me volví hacia él.

—Yo ya tengo una herida hecha por un hombre lobo, solo tienes que terminar el proceso.

—No, Lisa, no puedo hacerte eso, yo no quiero que seas igual a mí.

—Es la única forma en que podremos estar juntos, ¿no lo ves?

—Serías un monstruo como yo.

—¿Y...? —Le dediqué una sonrisa— Mientras sea a tu lado, no me importa, a menos que tú ya no me ames.

Anthony se tornó pensativo.

—¿Me amas? —le pregunté.

—Sí, mucho —murmuró—, más que a nada en el mundo.

Una risita nerviosa escapó de mis labios.

—Entonces, hazlo, así seremos iguales y ya no tendremos que separarnos.

Extendí mi brazo herido al frente, pude ver que el olor de mi sangre despertaba emociones animales en él. Me había arriesgado demasiado, pero estaba decidida, esa noche lo nuestro tendría una conclusión, él me haría su compañera, o su cena. Anthony se acercó a mí con movimientos felinos, sonrió con aquella sonrisa pícara que mostraba cuando me veía usar un bonito vestido. Tomó mi mano con delicadeza, luego sujetó mi brazo.

—¿Estás segura de que quieres renunciar a tu vida como la conoces hasta ahora por mí? Sé honesta.

—Los cambios dan miedo —comenté—, pero por ti lo haré. Creo que juntos hacemos una gran pareja, por eso es que voy a arriesgarme.

—Al principio no será fácil, pero no tengas miedo, yo estaré contigo a cada paso, voy a ayudarte en todo y vas a ver que estaremos bien.

Se transformó en hombre lobo, esta vez no me asusté ni reaccioné de ninguna manera. Anthony me rasguñó la herida que me había hecho la noche anterior, yo ni siquiera me quejé. Él se inclinó para lamerla y depositar un beso en mi brazo, luego se mordió la palma de la mano, un hilo de sangre escurrió por su muñeca. Anthony frotó su herida sobre la mía. Al principio su sangre se sentía fría, después se volvió caliente. Pude sentirla recorriendo mi cuerpo, penetrando en cada arteria.

Me dio un espasmo, sentí que me faltaba aire, mis piernas perdieron fuerza, él se apresuró a tomarme entre sus brazos. Yo me sacudía como si me convulsionara, él me apretó contra su pecho. Acercó sus labios a mi oído y murmuró:

—A partir de esta noche estaremos unidos, con sangre y con amor. Mira la luna en el cielo, brilla para nosotros aquí en la playa.

Alcé mis ojos para verla, contemple la luna creciente. Me sentí asustada por la reacción que experimentaba mi cuerpo. Quise gritar. No pude emitir ni un sonido. Me aferré al hombre que amaba con las pocas fuerzas que tenía hasta que perdí el conocimiento.

Desperté al día siguiente. Me sentía bien, la herida en mi brazo estaba casi cerrada. Ese estado de bienestar duró por un par de días. Después, conforme se escurría la semana, me fui poniendo muy enferma, cada vez peor, como si me fuera a morir. Mi enfermedad duró hasta la noche en que salió la luna llena.

Anthony estuvo a mi lado todo el tiempo, con aquella dulzura que siempre me había mostrado. Fue tan raro, estaba convaleciente en cama, con el cuerpo adolorido como si tuviera vidrio molido en cada vaso capilar. Entonces vi la luna llena y el mundo, el tiempo y la vida misma, se detuvieron. Perdí control de mi cuerpo, mis miembros reaccionaron con violentas convulsiones. El ataque fue doloroso, salvaje. Mi corazón retumbó como un tambor bélico llamando a combatir y mi garganta emitió los alaridos más bestiales que jamás pensé emitir. Luego, todo se detuvo, me invadió una sensación de bienestar y también la certeza de ya no ser yo misma. Me sentí fuerte y descubrí que podía ver en la oscuridad. La luna me había transformado en mujer loba.

Anthony me explicó que nosotros podemos transformarnos solo durante la noche, podemos hacerlo a voluntad a excepción de las noches de luna llena, en las que basta verla para transformarnos y permanecer así hasta que el alba arroja sus primeros rayos. Yo tenía muchísima hambre, me sentía como si no hubiera comido nada en toda la vida, fue así que él me dio mi primera lección; me enseñó a cazar.

Al principio yo tenía problemas con las implicaciones morales que esto conllevaba. Anthony atrapó a un hombre solitario y lo mató. En ese momento, algo en mí fue diferente, la emoción de la caza y el olor de la sangre despertaron algo primitivo en mí; era un impulso que deseaba ser parte de eso y un deseo desesperado por probar aquello que tenía un olor tan dulce. Anthony me dijo que los licántropos tenemos los instintos muy intensificados, cazar es parte de nuestra naturaleza animal. Tenía razón, porque no dudé en mis acciones, y es que el olor de la sangre era tan embriagador, que echó fuera de mi cabeza cualquier pensamiento moral. No pude controlarme, me comporté de acuerdo a mi nueva naturaleza y me comporté como una auténtica depredadora.

Devoramos nuestra cena sobre la arena Slaughter Beach. Saciamos nuestra hambre y nos deshicimos de los restos en el mar. Luego Anthony y yo hicimos el amor como bestias en celo, entre las olas y la arena.

Al día siguiente de mi transformación regresamos a Baltimore y me mudé a su casa. Ya no hay más chistes de la Bella y la Bestia, ahora somos Shrek y Fiona, Herman y Lily Munster. Al igual que Anthony, mi nueva naturaleza hizo que le tuviera aversión al sol. Si tengo que salir de día, me pongo mangas, un bonito sombrero que él me regaló y mucho bloqueador solar, de lo contrario me pongo roja fácilmente y me duele la cabeza. Me siento mucho mejor en las horas de la tarde y la noche, así que dejé mi trabajo y ahora ayudo a Anthony con la cafetería en el horario nocturno. Cuando la aurora emite su primer resplandor, nos vamos a casa y dormimos abrazados.

Mi vida cambió por completo, no ha sido fácil ser mujer lobo, mis instintos están muy intensificados y aún no he aprendido a moderarlos bien. Hay días en que mis reacciones son terribles, a veces me pongo muy violenta. A Anthony no parece molestarle, me ha tenido paciencia, él siempre me ayuda y sabe exactamente cómo controlarme. Gracias a los años de experiencia él sabe mejor que yo cómo tranquilizarse.

Cuando era niña nunca me imaginé que sería la esposa de un hombre lobo, obviamente una tiene en mente una vida más convencional. No cabe duda que el destino es impredecible. Quién se hubiera imaginado que yo misma terminaría convertida en un monstruo igual que Anthony. Yo no me arrepiento ni por un instante de mi decisión, haber manejado de regreso aquel día fue lo mejor que pude haber hecho. Lo hice porque lo amaba y lo amo porque sí. A veces no se puede racionalizar al amor, porque muchas veces el amor no tiene razón. Yo solo sé que, desde aquella primera cita, mi corazón quedó enganchado a él y eso no va a cambiar jamás.

Existen seres mágicos, ocultos en el mundo, como Pearl y sus hermanos. Ella puede convertirse en gata, cosa que nunca le ha contado a su novio.

Al final del verano Tanya la psíquica, tiene premoniciones de peligro y una guerra que cambiará la posición de los seres mágicos en el mundo. Es entonces que Pearl y sus hermanos son atacados por una magia maligna que afectar sus poderes, dejándolos vulnerables en situaciones peligrosas. Pearl es víctima de un evento traumático que la dejará emocionalmente devastada.

¿Quién está tratando de destruirlos y por qué a ellos? Pearl y los demás deberán encarar sus crisis personales, el auto descubrimiento y el dolor a fin de despertar el potencial de sus habilidades y luchar juntos contra sus enemigos.

Siglo XIX. Ernesto está aburrido de su vida acomodada. Es entonces que entabla amistad con Rolando, un hombre lobo que lo llevará en descenso, por un camino de oscuridad. Ahora, Ernesto se debate entre la razón, sus instintos primitivos y su obsesión por Justina, una mujer caprichosa empeñada en despreciar a todos sus pretendientes. ¿Será Ernesto capaz de controlarse antes de que ocurra una desgracia?

Pero esta historia no es solo suya, está entretejida con las de sus compañeros; Rolando, un libertino hambriento de conocimiento, y Mónica, una cortesana con una vida miserable. Cada uno de ellos es seducido por distintas razones y circunstancias por el resplandor de la luna llena

Miriam García es originaria de Guadalajara, México. Ha publicado historias en medios locales en México y Estados Unidos.

Es autora de *Génesis bajo la luna, Éxodo Bajo la Luna* y *La Dama de la Ciudadela.* Actualmente vive en Texas con su esposo y su gato Pepe.

Sígueme en
Instagram: @miriamgarcia.autora
TikTok: @miriamgarcia.autora
Facebook: /MiriamGarcia.Autora

Made in United States
North Haven, CT
03 July 2022

20925379R00100